「うふふふ、元気そうでなによりねぇ」
フィーナ
"千年魔女"の異名を持つエルフ族。大陸最強とも謳われる魔術師で、実はエレインとは特別な間柄。
JN031310
2
Banno Skill no Retto Seijo
万能スキルの劣等聖女
～器用すぎるので貧乏にはなりませんでした～

砂漠のオアシスでひと休み！
エリス
ルミア

ソアラ

「魔王様に仇なす
身の程知らずを屠るのが
私の役目」
クリス
とある事件がきっかけで、
人間に絶望した魔剣士。
魔王に心酔し、
魔王の右腕を担う実力者。

ダッシュエックス文庫

万能スキルの劣等聖女2
～器用すぎるので貧乏にはなりませんでした～

冬月光輝

CONTENTS

Banno Skill no Retto Seijo

プロローグ ………… 008

第一章 ……「新たな強敵登場です」 020

第二章 ……「各国の精鋭たちです」 086

第三章 ……「荒野の死闘です」 146

第四章 …… その剣姫が魔王に服従したワケ 177

第五章 ……「空中要塞に潜入です」 201

エピローグ ………… 264

FUYUTSUKI KOKI presents

Illustration by

HIGENEKO

プロローグ

Banno Skill no Retto Seijo

魔王軍の幹部である氷の女王ケルフィテレサを倒し——。今、私たちは次なる戦いのためにエデルジア王国を目指している。

馬車を使って二週間はかかる距離だ。

私はリーダーとして地図とにらめっこしながら、最善のルートを模索していた。

「しばらくはこのまま、まっすぐで大丈夫です」

「ふふ、お疲れ様ですの。エデルジア王国もきっと大聖女であるソアラ先輩を待っていますわ。……こちらのタオルをお使いくださいまし」

エリスさんからねぎらいの言葉をかけられ、タオルを手渡される。

彼女は私と同じく聖女としての神託を受け、Sランクスキルにも覚醒している天才。おまけに王族の血を引くやんごとなき身分のお嬢様だ。

「エリスさん、ありがとうございます。しかし、改めて考えると私などが大聖女という過分な称号を頂戴(ちょうだい)してもよろしかったのでしょうか?」

私は陛下より大聖女という称号を賜った際に感じた疑問を口にする。

もちろん、それに見合った活躍をしようという意気込みはあるが、未だに実感できない。

「ソアラ先輩！　それは謙遜が過ぎますわ。先輩は見事にあの氷の女王を相手にしてパーティーを勝利へと導いたのですから、それくらいの評価はしていただいて然るべきですの」

額がくっつきそうになるくらい、エリスさんは顔を突き出して、私の自己評価が低いと叱咤する。

それはそうかもしれないが、その前に――。

「あ、あの、エリスさん。か、顔が近いです」

「あ、申し訳ありません……つい興奮してしまいまして……」

エリスさんは顔を赤くしながら謝ってくる。

確かに氷の女王は、勝てたのが不思議なくらいの強者だった。

魔王軍の幹部の肩書きは伊達ではないということだろう。

（でも、私一人で勝ったわけではないですし、皆さんがいてこそだと思うのですが……）

「姐さんは優しいから自分一人の手柄じゃないって思っているんですよね。だけどここは誇ってくださいよ。あたしら皆嬉しいんですから。姐さんが大聖女になったという事実が」

「エレインにしては珍しくいいことを言うじゃないか。そうだぞ、ソアラ。あなたは自分の実力をもっと信じろ」

「エレインさん、ローラさん……」

エリスさんに同調するようにうなずく二人を見て、なんだか心が温かくなってきた。

まるで心地いい春風を全身に浴びたみたいに……。

ハーフエルフで高度な魔術を使う魔術師エレインさんとダルメシアン一刀流の師範代(しはんだい)である剣士ローラさん。二人とも頼りになる仲間だ。

「ソアラ様は私たちにとって大切なリーダーなんですから～。胸を張ってください～」

そしてパーティーの補佐役として、なくてはならない存在であるルミアさんもニコニコと笑顔をこちらに向けた。

彼女は獣人族(アニムス)という種族で猫耳としっぽがとても可愛らしいムードメーカーである。

「ルミアさんも……。そうですよね。わかりました。皆さん、ありがとうございます」

勇者ゼノンのパーティーを追放されたときは、もう二度とパーティーを組むことは叶(かな)わないと思っていた。

けれど、私はこうして素晴らしい仲間たちに出会えた。

さらには今は大聖女の称号までいただけることになったのだ。

(これは夢ではありませんよね？)

私は自分の頬っぺたを思いっきりつねってみる。

「……痛いです……ということは、やっぱり現実なのですね……」

「はは、おいおいソアラしっかりしてくれ。夢なはずがないだろう？」

「あたしもこうして姐さんと旅していると夢みてぇだと何度も思いますけどね……」

「すいません。お恥ずかしいところをお見せしてしまいました」

私は少し照れくさくなりながら頭を下げる。

すると、隣に座っていたルミアさんがそっと私の手を握ってきた。

「ソアラ様～、このルミアは夢でも現実でもずっとソアラ様のお側におりますね～」

温かい。フワッとした彼女の手から優しさが伝わってくる。

「ルミアさん、そして皆さんも。この先、もっと厳しい戦いになるかもしれませんが、頼りにさせていただきますのでよろしくお願いします」

私は感謝を込めて皆さんに声をかけた。

改まって言うことではないのかもしれないが、仲間を頼りにすることがこれから大切になる気がしたのだ。

「うむ！　任せてくれ！」

「はいです～！」

「姐さんの右腕として、あたしらは全力でサポートします！」

「ソアラ先輩！　どこまでもご一緒いたしますわ！」

私は本当にいい仲間を持ったと思う。

だからこそ、絶対に負けられない。

私の大切な居場所はここなのだから――。


「ところで魔王軍の主力にはどのような者たちがいるのでしょう？　わたくし、勉強不足なのであまり詳しくないのです」

しばらく進んだ頃、馬車の中で向かい合って座っていたエリスさんが私に質問してきた。

「私も詳しくは知らないのですが……確か、魔族の中でも上位に位置するような方々が魔王の幹部になっていると聞いたことがあります。氷の女王もそうでしたが圧倒的な魔力を有しており、誰もがSランクスキル級の火力を持ち合わせている、と」

私は以前に本で読んだ知識を思い出しながら説明する。

幹部クラスとの戦いはゼノンさんのパーティーにいたときに炎の魔城でも経験しているので、二回ある。

そのどちらもまさに死闘であった。

「やはり氷の女王ぐらい強い魔族との戦いは想定しておかなくてはならないのですのね。気を引き締めなくてはなりませんわ」

「……甘いな、エリス。もっと上の力を持つ魔族と複数回戦うことくらいは想定せねばならんぞ」

「総力戦ですからね～」

さすがはローラさん。戦場というものをよく知っている。

今度は魔王軍が戦力を結集しているのだ。

連戦という状況になってもおかしくない。

「えぇーっ！　それではわたくしたちの戦力では不足ではありませんか？」

「バーカ。だから、エデルジアに各国の強豪パーティーを揃(そろ)えてるんだろ。あたしたちだけじゃ敵(かな)わなくても、力を合わせればわからねぇだろ」

「ああ、なるほどですわ。さすがはエレインさん」

エレインさんの言うとおりだ。

この大陸にはいくつも有力なパーティーが存在する。

勇者ゼノンのパーティーは結成してたったの二年で炎の魔城を攻略するという成長の早さを評価され、一番魔王討伐に近いと言われていたが、純粋な戦闘力で言えばもっと大きな力を持つベテランパーティーも存在するのだ。

「でもでも～、ソアラ様もおりますし～。私たちのパーティーも結構強いんじゃないですか～」

「うむ。我々にも氷の女王ケルフィテレサを討ち取ったのだからな」

ルミアさんとローラさんは私たちのパーティーもかなり強いのでは、と自画自賛する。

魔王軍の幹部を倒した実績のあるパーティーはそうはないので、彼女らの自信は決して自惚(うぬぼ)

れではない。

「そうですね。確かに自信を持ってしかるべき功績とは思いますが、この大陸だけでももっと強いパーティーは存在しますよ。例えば千年魔女フィーナ様のパーティーとか」

「――っ!?」

「あれ？　エレインさん、どうかされましたか？」

「い、いや、なんでもないですよ。姐さん」

「そうですか……」

私の言葉を聞いて、エレインさんが一瞬目を見開いたような気がした。

（気のせいですかね）

なにか変なことを言った覚えがないから、おそらく気のせいだろう。

「千年魔女フィーナ様の名前は存じておりますわ。確か、この大陸において魔王軍の幹部の討伐数は第二位。メンバーの平均年齢は断トツで一番の高齢パーティーですよね？　先輩」

「ええ、フィーナ様はハイエルフにして覚醒者。その魔王級と噂される無尽蔵（むじんぞう）の魔力はSランクスキルを連発しても尽きることはないのだとか」

ベテランパーティーのことを語るとなると、千年魔女の異名を持つフィーナ様のパーティーは外せないだろう。

キャリア、実績は間違いなくトップクラスだ。

「あたしはこの、姐さん率いるパーティーはどの有名パーティーにも負けてねぇと思ってますけど。……てかこんな話、どうでもいいじゃないですか。ねぇ？　姐さん」

「エレインさん？　急にどうしたんですか？　私は他のパーティーについての情報を整理するのも大事だと思いますよ」

「い、いえ、別に……」

なぜか、急に憮然とした態度になったように感じられた。

この話題があまりお気に召さないのだろうか。

「……す、すみません、姐さん。あたしは幹部討伐数ナンバーワンの〝剣神〟レオンのパーティーにだって、このパーティーは劣っていないって言いたかっただけですから」

「そうですか……」

バツの悪そうな顔をしてそっぽを向くエレインさん。

やはり彼女の態度は普通じゃないような気がする。

「剣神さんといえば、剣士さんがリーダーの有名なパーティーって多いですよね～。〝剣聖〟ガイア様、〝剣王〟レヴィン様、〝剣帝〟リーベル様、〝大剣客〟ディオス様。なんでしょうかね～？」

変な空気になったからなのか、ルミアさんが話題を変えてくれる。

（彼女の言うとおり、やたら多い気はしますね……）

「ふむ。それはやはり剣こそが最も使い勝手のいい武器であるからであろうな。槍(やり)などに比べて取り回しがしやすい。弓などの飛び道具は使いどころが難しい上に、威力もそこまで高くはないからな。使い手も少ないのだ」

「姐さんはその点すごいですよね。どんな武器も使えば一流の腕前ですもんね」

「昔から器用さだけには自信がありましたから。自分にできる範囲のことを精一杯頑張ろうと思った結果ですね。ですが最近はローラさんと修行しているからなのか剣を使うことが多いですよ」

私は自分の手を見てギュッと拳を握る。

この小さな手でできることなんて限られているかもしれないけれど、それでも私は私の全力でもって仲間のために戦いたい。

「すごいパーティーがたくさんあるのはソアラ先輩の仰(おっしゃ)るとおりだと思います。ですが、わたくしはやはりこのパーティーには特別ななにかがあると思えてなりませんの」

「エリスさん……そうですね。私もなにかあると信じて皆さんとともに高みを目指そうと思います」

そう。私も自惚(うぬぼ)れが強いだけなのかもしれないが、このパーティーならきっと……！

そんな予感がしていた。

「――ソアラ、雑談はここまでだ。魔物の気配がするぞ」

「ええ、そのようですね。皆さん、戦闘の準備を！」

私たちは馬車から降りて、周囲を警戒しながら慎重に歩みを進める。

すると、前方からゴブリンの集団が現れた。

ざっと見て二十体以上いる。

（かなり多いですね。でも、これぐらいならなんとかなるはず！）

「私が正面を受け持ちます！　ルミアさんは後方からの支援をお願いします！　エレインさんとエリスさんは左右から回り込んでください！　ローラさんは私とまっすぐ突っ込みましょう！」

「うむ！　承知した！」

「任せてくださいまし！」

「はいです～」

「よし、いくぜぇ！」

私の指示に従って一斉に動きだす。

まずは私が先頭にいるゴブリンの群れに突撃した。

一気に群れの中央付近まで駆け抜け、すれ違いざまに一体の首を切り飛ばす。

そして勢いのまま振り返り、次の獲物に狙いを定めようとするが――。

ヒュンッという風切り音が聞こえたかと思うと、目の前のゴブリンの首が宙に舞っていた。

「ソアラ、背中はこの私の剣に任せてもらおう」

ローラさんが、その巧みな剣術で援護してくれたようだ。

「エリス、あたしらも負けてられねぇよな!?　炎蛇」

「ええ、もちろんですわ。光の精霊たちよ。わたくしの声に応えて。光の刃となり敵を焼き尽くしなさい。光の矢雨」

魔法で生み出された炎の蛇が、光の矢の雨が、ゴブリンたちを左右から襲う。

この攻撃により、十数体のゴブリンが瞬く間に倒れた。

「おお～、二人とも強いですね～」

「まぁな。この程度の相手、あたしらの敵じゃねえ」

「わたくしたちの力があればこの程度楽勝ですわ」

二人は余裕の笑みを浮かべつつ、ルミアさんから魔力回復効果のあるレッドポーションを受け取っていた。

「回復はお任せくださいね～」

「助かるぜ」

「ありがとうございます」

そうこうしているうちに、私たちの周りに集まってきたゴブリンたちは次々と倒されていく。

あっという間にすべて倒し終えると、私たちは馬車へと戻ることにした。

やはりこのパーティーの連係は素晴らしいものがある。

個々の能力が高い上に、お互いの力を把握しているからこその動きができる。

（エリスさん、やはりあなたの仰るとおりですね）

こんなふうに一緒に戦えることを嬉しく思いながら、私は皆のもとへ戻った。

第一章 「新たな強敵登場です」

Banno Skill no Retto Seijo

その後も何度か魔物の襲撃があったが、特に問題もなく進んでいくことができた。

日が暮れてきた頃、とある町で馬車を止める。

(今日はここで宿屋に泊まりましょうか)

町の名前は確か……『カリオ』だったか。

この町は商業が盛んらしく、宿もなかなか繁盛しているらしい。

私たちは馬車から降りると、まずは食糧の調達に向かう。

幸いこの町は、冒険者だけでなく商人なども行き来するために多くの店が軒を連ねており、食料品を売る店もたくさんあった。

「まさか、あなたたちは大聖女ソアラ様のパーティーご一行ですかい?」

「え? あ、はい。そうですよ」

店の人に話しかけられた私は戸惑いながらも返事をする。

「やっぱり! あなたたちのご活躍は聞いていますよ。なんでもあの氷の女王を討伐されたとか。この町からも応援しています。頑張ってくださいね」

そう言って、店主はエールを送ってくれた。

まさか、こんな辺境の町にも私たちのパーティーの評判が広まっていたなんて……。

嬉しいような、恥ずかしいような、そんな気持ちになる。

「それにしても珍しいですな。今日はあの〝剣帝〟リーベル様のパーティーもこの町に宿泊されてますよ。なにかあるんですかね？」

「そうなんですね。リーベルさんのパーティーもここに……」

おそらく彼のパーティーもまた、召集に応じてエデルジア王国に向かっているのだろう。

「リーベル様に会ってみたいですかな？」

「はい。リーベルさんは剣士としてとても有名な方ですから。お会いしてみたいなとは思っていました」

「なるほど。確か先程、町の西側にある酒場に情報収集に向かわれたはずです。行ってみられてはいかがでしょう」

「わかりました。ご親切にありがとうございます」

「いえいえ。ソアラ様たちのご活躍に期待しておりますよ」

そう言うと、彼は笑顔で送り出してくれた。

道中で話題に挙がった剣士率いる有名パーティーの中でも、剣帝リーベルのパーティーはキヤリアの長いベテラン冒険者たちで構成されている。

「どんな方たちでしょうね～。少し怖いです～」

「へっ！　喧嘩売られたら買うだけだ」

「エレインさん、乱暴沙汰は駄目ですよ」

「わ、わかってますよ。万が一のときは、って意味ですって」

エレインさんを窘めると、彼女はバツの悪そうな顔をする。

揉め事だけは起こさないように注意せねば……。

そんなことを考えながら、私たちは教えてもらった西の酒場へと向かうことにした。

「姐さん、ここじゃないですか？」

エレインさんが指差す先には確かに派手な看板がある。

店の前には山積みになった空の酒樽。どう見ても酒場だ。

「どうやらここで間違いないようですね」

「では早速入ろうではないか。剣士としてリーベル殿には興味がある」

「そうですね。入ってみましょう」

私たちが店内に入ると、すぐにウェイトレスさんがやってきた。

「いらっしゃいませ。五名様でしょうか？　こちらへどうぞ」

「あ、いえ。こちらに剣帝リーベルさんのパーティーがいらっしゃるとうかがったのですが」

「ああ、それでしたら奥の席の方々です」

「あちらの席の……。ありがとうございます」

ウェイトレスさんが教えてくれたテーブルには、四人組の冒険者たちがいた。

なるほど。お酒を飲んでいるだけのように見えるが隙が一切見当たらない。

特にあの壮年の男性は眼光が鋭く、圧倒的な実力を感じる。おそらく彼が剣帝の異名を持つ、剣士リーベルさんだろう。

「ほう。ジルベルタ王宮が召し抱えたほどの大聖女と聞いてどんなお嬢さんかと思っていたが……大したものだ。俺の間合いになかなか入ってきやがらねぇ。俺の名はリーベル。よろしく頼む」

前髪をかき上げてニヤリと笑みを浮かべる彼は、ジョッキに注がれた酒を豪快に飲み干す。

「初めまして。私のことをご存じとは、光栄の極みです」

「はっはっはっ！　別にあんたのことはそんなに知りゃしないよ。だが、俺の鼻は強い奴を嗅ぎ分けることができるんでな。あんたが相当な腕の持ち主だということはすぐにわかった。この大陸で馬鹿強い女の噂なんて千年魔女と大聖女くらいしか聞かんからな」

リーベルさんは大きな笑い声をあげた。

その笑みからは自信に満ちた様子が伝わってくる。

剣帝と呼ばれるほどの人だから当たり前なのだが、この人は強い。

「その二人のうち、フィーナの顔は知っている。なら、残りの大聖女はお前さんに決まりだ」

「そういうことでしたか」

これは私の実力を評価していただいた、ということでよろしいのだろうか。

大きなジョッキで早々と二杯目の酒を一気飲みするリーベルさんの底知れぬ実力に驚きながら、私は口を開く。

「やはりリーベルさんたちもエデルジア王国に召集されたのですね」

「そうだ。俺たちも召集に応じ、王都に向かっている。いい加減、魔王の奴を倒しちまわないとならねぇ。俺たちベテランの冒険者は数え切れんほどの知己を失っているんでな。これ以上、犠牲を増やしたくはないんだ」

そう語るリーベルさんの瞳はどこか悲しげだった。

彼も大切な仲間を失ったことがあるのだろう。それも何人も……。

「リーベルさん……」

「おっと、お嬢さん。そんな顔をしなさんな。その代わり俺らだって多くの魔族を葬ってきた。お互い様ってやつさ。これからの戦いは厳しいものになるかもしれねぇ。だが、必ず勝ってみせる。そのためにも今は英気を養うのが大事だ。お嬢さんたちも休めるときにしっかり休むといい」

「あ、はい。お気遣いありがとうございます」

それから、少しだけ雑談をするとリーベルさんたちは去っていった。

「お嬢さんたちは、新しい世代の光となってくれよな」

私たちにエールを残して。

（リーベルさんの仰るとおり万全の状態を整えるのも大事な仕事ですよね）

ベテラン冒険者の言葉に感銘を覚えながら、今夜はゆっくりと休息をとることにした。

◆

「ソアラ姐さん、エデルジアに最短距離で行くには砂漠を越えなきゃならないらしいですよ」

翌朝、エレインさんが地図を片手に、改めてこの先のルートをどうするのか相談してきた。

それはここまでずっと考えていたが……どうすべきか。

「オアシスもありますし、砂漠を突っ切るのが一番近道だと思うんですけど……」

「わたくしもソアラ先輩の仰るとおり、それが一番早いと思いますわ」

「私もそれに賛成だよ。魔物の襲撃はなんとかなると思う。でも……砂嵐が厄介かな」

「確かに……。砂嵐は視界が悪くなりますし、酷ければ足止めされる恐れもありますね」

ローラさんの懸念はもっともだ。

「それなら大丈夫です！　私の魔法で風を起こして砂を吹き飛ばしますから！」

「なるほど、私も風魔法には心得がありますので、お手伝いします」

「では砂漠越えで決定ですね～。お水をたくさん用意します～」

「砂漠に馬車は不向きだろう。買い取ってくれる場所に心当たりがある」

エレインさんの言葉に私はうなずき、ルミアさんとローラさんが準備をしようと動きだす。

ここから先は少しだけ過酷な旅になりそうだ。

私たちは手分けして昨日買い残した物資を調達する。


分担して買い物をしたおかげで準備は早く終わった。

(さて、いよいよ砂漠越えですね。馬車は売ってしまいましたから、荷物はもちろん——)

「収納魔法（アイテムボックス）！　荷物は必要最低限のものを除いてこの中に入れておきますね」

「ソアラ先輩の収納魔法ってすっごく便利ですわ」

「うむ。多めに物資を買い込んでも困らないからな」

エリスさんとローラさんは、感心したような表情をしながら収納空間へと荷物を収める。

水や保存食などかなり買い込んだから、砂漠は十分に越えられるはずだ。

「では出発いたしましょ～！」

「おいおいルミア、あんまはしゃぐとバテちまうぞ」

腕を振り上げてはりきっているルミアさんを見て苦笑するエレインさん。

準備を終えた私たちは早速、砂漠へと向かっていった。

この砂漠を越えれば、エデルジア王国の国境はすぐそこである。それまでは頑張っていこう。

今日は昨日よりも日差しが強い。無理をしすぎないように気をつけなくては……。

「これは……なかなか体力が奪われるな」

「ええ。ですが、あともう少しの辛抱（しんぼう）です」

「そうですわ。頑張りましょう」

私たちは現在、砂漠を移動している。

しかし、その道中は思った以上に過酷だった。

まず、足下が砂なので歩きにくいこと。その上、照りつける太陽の熱によって体力を奪われていく。

それに、時折吹きつける突風にバランスを崩されそうになることも。

「はぁ、はぁ、はぁ、はぁ……」

「大丈夫ですか？　ルミアさん、もしかして暑さに弱いのでは？　顔色が悪いですが」

「いえ、平気です～。これくらいは……」

「あまり強がらない方がいいですよ。私がルミアさんに風の結界を張ってあげますから」

「ありがとうございます～。そ、ソアラ様……」

誰よりも体力のあるルミアさんが不調になるとは思わなかった。

このままだと身体を壊してしまうかもしれない。

私は風属性の簡易的な結界を作り、彼女の周りの温度を下げることにした。

「ふぅー……。気持ちいいです～。すみません～、私たちの種族は暑さに弱いんです～」

「よかったです。でも、そんな大事なことはもっと早く言ってくださいよ」

「ごめんなさい～。足を引っ張りたくなかったんです～」

ルミアさんは申し訳なさそうな顔をする。

彼女なりにパーティーの士気が下がらないように気を遣ってくれたのだろう。

「気にしないでください。それより、これからはなるべく私の近くにいてください。水分補給はこまめにして、体調管理には気をつけていきましょう」

「はい、わかりました～。ふふ、ソアラ様にくっついちゃいます～」

ルミアさんは嬉しそうに微笑むと、私に抱きついてくる。

まだ幼さが抜けていない彼女はまるで子猫のように可愛らしく、抱き締めていると癒される。

「る、ルミアさん、ずるいですわ！　ソアラ先輩から離れてくださいまし！　そんなにくっつくと暑苦しいでしょう！」

「そんなことないですよ～。気持ちいいです～」

私たちの様子を見てエリスさんが声を荒らげる。

不機嫌そうな顔をしているが、どうしたというのだろう。

「エリスさん、なにかありましたか？　私にできることがあればなんでも仰ってください」

「えっ？　ソアラ先輩がなんでも？　ふ、ふふ、ではわたくしも、そのルミアさんと同じく……」

「ルミアさんと同じ？　ああ、エリスさんも暑さが苦手なんですね。では風の結界を……」

彼女も暑さが苦手なのに、私がルミアさんだけに魔法を使ってしまったからヘソを曲げたのだろうか。

私はルミアさんと同じように、彼女をも包み込むような感じで風魔法を展開しようとする。

「ちょっと待ってくださいまし。わたくし、暑さは平気ですわ。ただ、ソアラ先輩の温もりを感じていたくて」

「温もり……ですか？」

「はい！　この炎天下の中で感じる人の温もりはとても心地よいものですから！」

「えっ？　炎天下だと暑苦しさが増しませんか？」

エリスさんの言うことがわからず、私は思わず首を傾げる。

「ふふ、それは違いますわ。人肌と太陽の温度差が生み出す独特の熱さこそが心地よく、心安らぐものなんです！」

「はぁ……。そういうものですかね」

「ですから、ソアラ先輩。是非ともわたくしとも——痛っ！」

「ったく、トンチキなこと言って姐さんを困らせるんじゃねぇ！」

興奮気味のエリスさんの頭を、エレインさんがチョップする。

すると彼女はムッとした顔をして振り返り、エレインさんを睨んだ。

「うぅ、なにするんですの？　エレインさん」

「お前がアホなことを言うからだよ」

「失礼ですわね。わたくしは大真面目ですわ」

「なお悪いわ。ほれ、お前の分の水だ。飲んで、頭を冷やせ。……気持ちはわかるからよ」

エレインさんはそう言って水の入ったボトルを彼女に手渡した。

どうしたというのだろう。皆さん、暑さのせいで錯乱しているのだろうか？

「おい！　喜べ、皆。オアシスが見えたぞ！」

そのとき、ローラさんが双眼鏡を片手に叫ぶ。

私たちはすぐに駆け寄って彼女が指差した方角を見る。すると、そこには小さな湖があった。

「あそこで少し休憩しよう」

「そうですね。では早速向かいましょう」

私たちのパーティーは砂漠の中に存在するオアシスに向かって足を進める。

そして、なんとか日陰がある場所まで辿り着く。

「よし、これでひとまずは安心かな」

「ええ。それにしてもローラさん。地図にも載ってないこのオアシスをよく見つけましたね。どうやって探り当てたんですか？」

「ん？　ああ、修行中に五感を研ぎ澄ませる訓練をしてな。おかげで遠くの水の匂いを感じ取れるようになったんだ」

「なるほど、それで……。すごいです」

私は素直に尊敬の念を抱く。

確かに戦闘中のローラさんの感知能力は素晴らしい。

まるで後ろに目があるかのように、敵の気配にも敏感だった。

「さて、それじゃあお昼ご飯にしましょうか。お腹が空いたでしょう？」

「はい。もうペコペコです～」

「私も空腹ですわ」

「では、少々お待ちを。皆さんは休んでいてください」

私は持ってきた荷物の中から食材を取り出した。

今回は長旅なので、それなりに準備してある。

「できましたよ。召し上がれ」

「相変わらずの早業ですね。ソアラ姐さん」

「美味しそうですわ。ソアラ先輩、是非ご相伴に与りたいですわ」

「ふふ、たくさん食べてください」

私は皆さんにサンドイッチを差し出す。

炎魔法でカリカリに焼いたベーコンとチーズと新鮮なレタスを挟んだ自信作だ。

「「「いただきます」」」

「……うん、うまい！　さすがはソアラ姐さん！　こんなに美味しい料理を作るなんて」

「うむ。美味だな。ソアラが作ったと思うとさらに格別な味になる」

「お口に合ってよかったです」

皆さんが美味しそうに食べる姿を見て、嬉しくなって頰が緩む。

喜んでくれるのなら、作った甲斐があったというものだ。

「ソアラ先輩、今度わたくしにも作り方を伝授していただけませんか？」

「ええ、もちろん構いませんよ。一緒に作りましょう」

「はい！」

エリスさんが嬉しそうな顔で返事をした。

こうして頼られるのは嬉しい。

「ごちそうさまでした～。ソアラ様～、水浴びをして涼みたいのですが～」

「あっ、いいですよ。行ってらっしゃい。近くに誰もいないみたいですし」

どうやら暑さに弱いルミアさんは、湖で体の熱を冷ましたいらしい。

幸い時間にも余裕があるので私は許可を出した。

「ありがとうございま～す。ソアラ様も一緒にどうですか～？」

「えっ？　そうですね。でしたら、せっかくだし……」

確かに私もこの暑さにはうんざりしている。

だから、ルミアさんのお誘いを受けて、私は服を脱ごうとした。

「「「――っ⁉」」」

しかし、その瞬間。エレインさんたちが一斉にこちらへ視線を向ける。

（ええーっと、なんで皆さん無言で私を見ているんでしょう？）

「……あの、どうかしましたか？」

「い、いえ。なんでもありませんわ！」

「そ、そうだな。ちょっと驚いただけだ！　まさかソアラまでも――」

「そうそう。姐さんが大胆に脱ぐとは思いませんでしたから」

「へっ？　………………あぁ‼」

そこで私は自分の失態に気づいた。

仲間の他は誰もいないとはいえ、私はルミアさんに釣られて太陽の下で裸になろうとしていたのだ。

「す、すみません！　……そういうつもりはなかったんですけど」

「い、いえ、気にしないでくださいまし。それよりも早く水を浴びてきてください」

エリスさんはそう言って顔を赤らめて背ける。

他の二人も同じような反応だ。

（まぁいいか。仲間ですし、今さら恥ずかしくはないですよね）

私は羞恥心を捨て、そのまま湖に向かった。

「はぁ～、生き返りますね」

ひんやりした水が気持ちよくて思わず声が出る。

やはり砂漠の旅はこたえる。このオアシスを見つけたローラさんに感謝しなければ。

「それにしても、結局は皆さんも水浴びをされるんですね」

「あ、ああ。私もこの暑さには辟易してたからな」

「ええ、そうですわね。それにしても、ソアラ先輩の肌……本当にきれいですわ」

「こら、エリス。あんまジロジロ姐さんを見るんじゃねぇぞ。失礼だろ」

「エレインさんだってチラ見していますわ」

三人も気持ちよさそうに水に浸かっていた。

ルミアさんもすっかり回復したみたいで、元気に泳いでいる。

「ソアラ様～、見てくださ～い。大きな魚を捕まえましたよ～」

「すごいですね。お見事です」

私は笑顔で手を振って応える。どうやら彼女もかなり調子を取り戻したようだ。

「ソアラ先輩、エデルジア王国の国境まではあとどのくらいあるんですの？」

「そうですね。このペースで進めば明日の夕方前には到着すると思いますよ」

「うむ。想定よりも魔物が少なかったし、いいペースで進めているな」

エリスさんの質問に答えると、ローラさんも同時にうなずいた。

（なんだかんだで皆さん体力がありますし、このまま進み続ければ大丈夫そうですね）

私は内心ほっとする。

ルミアさんが体調を悪くされたときはリーダーとして判断を誤ったと思ったが、結果的には順調だ。

このまま予定どおりいけばいいのだが――。

「姐さん、こうやってのんびり休むのもいいですね。あたしはソアラ姐さんがパーティーのリーダーになってくれてよかったと思っていますよ」

「あら？　急にどうしたんですか？」

「いや～、正直なところ、あたしは誰かと一緒に旅なんてできるタイプじゃないと自覚していましたからね。でも、今はこうして皆で楽しく冒険できて幸せだなって」

「ふふ、それは私も同じですよ。皆さんに出会えてよかった」

エレインさんの言葉に私は同意する。

ゼノンさんのパーティーを追放されたときは新しくパーティーを組むなんて考えられないことだった。

だが、今ではこうして信頼できる仲間ができた。

それは私にとって最も尊いことだと思う。

「とにかくあたしはこのパーティーを世界一にしてやりますよ！　ソアラ姐さんの右腕としてね！」

ザバぁっと水しぶきを上げながらエレインさんは立ち上がり、ニカッと笑う。

その笑顔は太陽のように眩しく輝いていたが、それよりも一糸纏わぬ姿の方が私の目には魅力的に映っていた。

（やっぱり、エレインさんのスタイルはすごいですね……）

私はそこでハッとなり、慌てて目を逸らす。

いけない、いけない。思わず凝視してしまった。

「エレイン、乱暴に立ち上がるな。顔に水しぶきがかかってしまったじゃないか」

「うるせぇな。小さいことでグチグチ言うなよ」

「あとソアラの右腕とのたまっていたが、このパーティーのナンバー2（ツー）はこの私だ。断じて余計なところに肉ばかりついているお前などではない」

「……喧嘩売ってるのか？」

「そういうつもりはないが、ただ事実を述べただけだ」

バチバチっとローラさんとエレインさんの視線がぶつかり合う。

このままだと、また二人の争いに発展してしまう。

こういうときに限って二人は手加減しない。

「あ、あの二人とも落ち着いてください」

「いいえ、落ち着く必要なんかありませんわ！　わたくしだって新参者でなかったらソアラ先輩の右腕さんに立候補していましたの！」

「ちょっと!?　エリスさんまで……」

（まったくもう……これじゃあゆっくり休めませんね）

「ローラ、てめぇをあたしは仲間として認めているが、この件については譲れねぇ。いつか決着をつけてやる」

「ふんっ、望むところだ。いつでも受けて立ってやろう。なんなら今からでも構わないぞ」

二人は胸を張り、睨み合っている。

これはお互い簡単には引かないだろう。

「エレインさんとローラさん、すごい迫力ですわ。その気持ちわかります。わたくしも先輩のことが好きすぎて、いつも猛プッシュしてるんですもの」

「あ、あのエリスさん。そんな冗談を仰っている場合では――」

「いえいえ、本気ですよ。わたくしは本気です」

「……へっ?」

エリスさんは真剣な表情を浮かべ、ジッとこちらを見つめてくる。

「わたくしはソアラ先輩のことを尊敬しています。ですから――」

「「抜け駆けするな!」」

そのとき、エレインさんとローラさんが同時に叫んだ。

「な、なにを仰いますの？　わたくしは、ただ自分の気持ちに素直なだけですわ」

「新参者のくせに生意気だ!」

「貴様のような者が一番油断ならん!」

「きゃあっ!」

そしてそのままエリスさんに飛びかかり、三人で取っ組み合いを始める。

彼女たちはあられもない姿で暴れているので、私は目のやり場に困ってしまう。

しかし、今はそんなことを気にしている場合ではない。

なんとかして止めなければ。

（でも、どうやって止めたらいいのでしょう？）

下手に介入したら、かえって火に油を注いでしまうかもしれない。

「あ、あの、お三人ともやめてくださ〜い。お魚さんが逃げちゃいますよ〜」

私と同じく喧嘩を止めようとするルミアさんの声が虚しく響く。

というか、オアシスに魚がいるってなにかおかしいような……。

そう思った瞬間、オアシス全体がグラグラと揺れ始めた。

「地震ですか？」

「ち、違うぞ。これは……なにか巨大なものが近づいてきている感じだ」

「くそ、こんなときに魔物かよ」

ローラさんとエレインさんが臨戦態勢に移る。

「皆さん、急いで着るものをお召しになってくださいまし。すぐに戦闘の準備を！」

エリスさんの指示に従い、私たちは急いで服を身に着けていく。

こんな状況で戦闘になるなんて、間が悪すぎる。

「収納魔法」

私は上着を羽織り、長槍を手に取った。

だが、激しい揺れは起こっているものの、どこに魔物がいるのかわからない。

「どこだ？　いったいどこにいる？」

「あの～、このオアシス……動いてませんか～？」

「えっ？　そ、そういえば、辺り一面砂漠なので気がつきませんでしたが、確かに風景が動いているような気がします」

「まさか、このオアシス自体が生き物ということですの？」

　信じられないといった様子でエリスさんは呟(つぶや)いた。

　どうやらそのとおりらしい。このオアシスは巨大な生物であり、私たちは呑気(のんき)にその背中で水浴びをしていたようだ。

「聞いたことがある。その生物の名前はおそらくアイランドタートルという奴だろう」

「それ、どんな生物なんだ？」

「名前のとおり島のように大きな亀の魔物だ。性格は温厚だが、その巨体ゆえに並大抵の攻撃は通用しない。もし遭遇したら逃げることを勧(すす)める」

「確かにそんな化け物とやりあうなんて自殺行為ですね」

　ローラさんの説明を聞き、私も納得する。

（温厚な性格ならば、静かにしてたらやり過ごすことも可能ということでしょうか……？）

　今まで出会った生物とはスケールが違う。下手に刺激して襲われたらそれだけでパーティー壊滅のピンチだ。

「姐さん、あ、あれ見てください！」

すると、突然地面が大きく割れ、そこから巨大な亀の顔が現れた。

「「「うわぁぁぁぁぁ!?」」」

あまりの出来事に私たちは絶叫する。

こ、こんなに大きな生き物見たことがない……。

（どうしましょう。戦ってなんとかなる相手ではない気がします）

「こ、これがアイランドタートルなのかよ!?」

エレインさんが驚きながらその巨体を睨みつけた。

やはり私たちが乗っているのはその背中だったのだ。

そして、アイランドタートルはゆっくりと首を動かし、こちらを見上げる。

「ひぃっ!?」

そのあまりにも恐ろしい光景に、私だけでなく他のみんなも身震いしていた。

無理はない。山のように大きな生物に睨まれたのだから。

「わ、わたくしが栄光への道（シャイニングロード）で牽制（けんせい）しましょうか？　実は特訓して以前よりも威力が増しましたの」

「え、エリスさん。それは心強いですが、あの規格外の大きさの生き物に通用しますでしょうか？」

「ええーっと、正直申しましてあまり自信がありませんわ」

パワーアップしたというエリスさんのSランクスキル。

それには興味があれど、このアイランドタートルにいらない刺激を与えてしまう可能性を考えるといかにも具合が悪い。

「そ、ソアラ様～。どうしましょ～」

「わ、わかりませんが、とにかくこの場を離れましょう。この化け物は危険すぎます！　エリスさん、私は最後でいいので三人を連れて瞬間移動でこの場から退避してください！」

「――ソアラ先輩。わ、わかりましたわ。さあ、皆さん、わたくしに摑まってください」

「は、はい～」

「あ、ああ……だが、ソアラが……」

「ソアラ姐さん……」

こうして三人はエリスさんの転移魔法により、その場を離脱した。

私は戦う選択ではなく、安全策を採用したのである。

「はぁ……」

私はため息を吐きつつ、一人その場に残った。

(さて、エリスさんが戻ってこられるまでおとなしくしてくださると助かるのですが)

巨大な瞳でこちらをジッと見ているアイランドタートル。

まったく、どうしてこんなことになったんだろう。

「グルルル……」

アイランドタートルは低く喉(のど)を鳴らし、口を大きく開く。

そして、そこに光が集まり始めた。

（あれは……まさか魔力の集束？　ということは、次に起きるのは――）

私は慌てて回避態勢に移る。

次の瞬間、アイランドタートルの口から凄(すさ)まじい熱量の光線が放たれた。

私は咄嗟(とっさ)に長槍を使って棒高跳びの要領で光線を避ける。

「うぐぅっ!!」

だが、完全に避けることはできずに右足が少しだけ焼かれてしまった。

「くっ……これはまずいですね」

アイランドタートルのあの規模の攻撃を避け続ける自信はない。

それに私の治癒術(ヒール)では、この怪我をすぐに完治させることはできないだろう。つまり、このままだと死ぬ可能性が高い。

「……仕方ありませんね」

私は覚悟を決め、長槍を構え直す。

あの大きいのを仕留めるまではいかぬとも、一時的に動きを止めるくらいまでには追い込まねば……。

「――っ!?　これは舌ですか!?」

アイランドタートルが首を捻り、長い舌を伸ばしてきた。

もしかして私を食べようとしているのか。

(冗談じゃありません。食べられるのだけは御免です)

「うっ!?」

私はなんとかそれを躱しながら、舌に槍を刺す。

しかし、分厚い上皮に守られているせいかダメージはほとんど与えられなかった。

やはり、アイランドタートルがあまりにも大きすぎる。

私の攻撃などこの巨大生物にとっては虫が刺した程度の感覚なのかもしれない。

(こんなに手の打ちようのない相手は初めてです)

「ならば……！」

今度は首を狙って槍を突き立てる。

だが、これも硬い皮膚によって阻まれてしまった。

どうやら、セオリーどおりに急所を狙っても倒すのは無理みたいだ。

「くっ……こうなったら超身体強化術を使うしか――」

そう思った瞬間、アイランドタートルの様子が変わった。

なにやら苦しそうな表情を浮かべ、地面に倒れ込む。

「ど、どうしたのでしょう？」

「オエエエエッッ!!」

「へっ？」

なんと、巨大な口を開いて大量の水を吐き出し始めた。

まるで滝のように水が溢(あふ)れ、砂漠を濡らしていく。

どうやら、最初の熱光線も含めて私への攻撃ではなく、自分の体内にあった異物を排出しているようだ。

「あ、あんなものを飲み込んでいたんですか……」

私は呆れながら呟いた。

このアイランドタートルという生物が吐き出したもの。それは——遺跡と思(おぼ)しき建造物の一部だった。

（こんなものまで飲み込んでしまう生物の背中ではしゃいでいたとは、恐ろしすぎます）

私は戦慄(せんりつ)しながら、水浸(みずびた)しになった砂漠を見る。

「…………」

アイランドタートルはすっきりしたからなのか、ピクリとも動かなくなり、また先程のように静かなオアシスに擬態(ぎたい)した。

「ふう、なんとか危機は去ったようです」

私は安堵（あんど）のため息をつく。

するとと、目の前の空間が歪（ゆが）み、エリスさんが戻ってきた。

「ソアラ先輩、ご無事でよかったですの！　先輩にもしものことがあったら、わたくしは、わたくしは——」

エリスさんは涙目になり、私を強く抱き締めてくる。

「あ、ありがとうございます。でも、私は大丈夫ですよ」

「本当ですの？　お怪我は？」

「えっと、実は足を負傷してしまいまして」

「まあ！　わたくしの戻りが遅かったせいで……申し訳ありませんわ」

「いいえ、私が油断していただけです。それより、早くここから離れましょう」

「そうでしたわ。では、瞬間移動（テレポート）いたします」

「はい」

こうして、私たちはアイランドタートルという規格外の生物から逃げることに成功した。

砂漠のオアシスが、まさかあんな化け物の背中だなんて……。

この世界は怖いことだらけだ。

◆

「――なるほど、そういうことでしたの」

私の話を聞き終え、エリスさんたちは納得するように呟いた。

「それにしても、あんな化け物がこの砂漠に潜んでいたなんて驚きだぜ」

「それにあの吐き出された建造物……おそらく数百年以上前に建てられたものでしょうね」

「うむ。見たところ、あの遺跡は神殿のような造りだな。だが、どうしてそのようなものがこんなところに……？」

「大昔は～、この辺りって砂漠じゃなかったと聞いたことがあります～。きっと、その時代の遺物なのでしょう～」

のんびりした口調でルミアさんは、この地の歴史について教えてくれる。

なるほど。今では見渡す限りの砂漠になっているが、この一帯も豊かな土地だった時代があるのか……。

「それで、姐さん。あの中、冒険してみますか？」

「えっ？　アイランドタートルの口から出てきた遺跡ですよ？　個人的には遠慮したいのですが……」

「わたくしもソアラ先輩に賛成ですわ。気持ち悪いですの」

「ふむ、確かにな……」

「あそこを探索するのは大変そうですね～」

エレインさんの提案に皆が渋い顔をして考え込む。

今しがた、魔物の口から吐き出された建物の中に入るのはどうにも気が引けた。

「でも、よく言うじゃないですか。ああいったところには伝説のお宝があって、それが魔王の奴を討伐する鍵になったりとか……」

「そんな都合のいい話、御伽話の中だけだろう。相変わらずエレインは安直な発想をするな」

「んだと!? ローラ、お前はビビってるだけだろうが！」

「誰がビビリだ！ 貴様こそ、現実を見ろ！」

「うるせぇ！ だったら、あたし一人でも行ってやらァ！ 魔王を倒すアイテムを見逃すわけにはいかねぇからな！」

そう言って、エレインさんは一人駆けだしてしまう。

いつもは言い争いこそすれ、単独行動をするような人ではないのだが……。

未知の遺跡を前にして、探究心が抑えられないのだろうか？

「……はぁ、仕方ないな。ソアラ、エレインの奴と一緒に少し探索してきてやってくれないか？」

「ローラさん？」

彼女からの意外な申し出に私は首を傾げる。

さっきまでは彼女も探索に反対していたのに……。

「いや、実はな。妙な違和感があの遺跡からするのだ。あいつと言い争いを始めてすぐにそれを感知していたのだが、売り言葉に買い言葉で言いだせなくてな」

「な、なるほど。ローラさんの勘がそう言っているならば探索する価値はありますね」

先程アイランドタートルではあったものの、オアシスを発見したローラさんの感知能力。

彼女がなにかを感じるなら、宝物が眠っている可能性もあるかもしれない。

「でもでも～、アイランドタートルさんがまた目覚めたら大変です～」

「ああ、だから私があいつの気配を探って警戒する。なにかあったら、エリスの瞬間移動で迎えに行こう。まだ時間に余裕があるがな」

今、アイランドタートルは静かにオアシスに擬態しているが、再び起き上がる可能性もある。

だからローラさんは見張りの役目を買って出てくれたのだ。

「では～私もソアラ様と一緒に～、と言いたいところですが～、もう少し休んでいてもいいですか～？」

オアシスで一時的に体力を回復したルミアさんでしたが、どうやらまだ完全には復調しきってなかったみたいだ。

（もう少し休んでもらったほうがよさそうですね）

「わかりました。ルミアさんにも休憩時間が必要そうですし、その間だけでもエレインさんと遺跡を少し探索しましょう」

「先輩、お気をつけて」

「エレインを頼むぞ、ソアラ」

「行ってらっしゃいませ～」

私は皆に見送られながら、エレインさんの後を追いかけることにした。

◆

「エレインさん！　本当に一人で中に入るつもりですか？」

「ソアラ姐さん！　来てくださったんですね！　あたし、嬉しいです！」

そう言って笑顔を見せるエレインさんは、真っ暗な遺跡の中を照らすために魔法を使う。

この魔法は光源術(ライト)だ。

球体状の光の塊(かたまり)を手のひらの上に出現させ、周囲を明るく照らしてくれる便利な代物(しろもの)である。

「ええーっと、エレインさん。そんなに探索がしたかったんですか？」

「すみません。あたしはハーフエルフなんですが、父親が人間のトレジャーハンターでして。子供の頃に遺跡探検をした話を何度も聞かされて、憧れてたんですよ」

「なるほど……」

私も元の世界では、考古学者の叔父と一緒に遺跡の発掘現場を訪ねたことがあった。

確か……刺激的な冒険に憧れて、せがんで一度だけ連れていってもらったんだっけ。

もっとも、その遺跡探訪は、冒険とは程遠いものではあったが。

叔父の後ろで黙々と資料を撮影する係をさせられていたからだ……。

(宝探しですか。確かにロマンがあります)

「あたし、本当に魔王の奴をぶっ倒したいんです！　そんで一族の連中を見返したい！　それにこういう場所で掘り出し物が見つかれば、宝探しにも意味があるってあいつらもわかってくれるはずなんですよ！」

「……………」

そういえば、エレインさんはあまり過去を語りたがらない。

ハーフエルフは純粋なエルフ族から蔑まれることがあるという噂は耳にしている。

そういう背景もあって、私からもあえてなにも聞かないようにしていたのだが……。

「あっ！　す、すいません。こんな話をされましても、迷惑でしたよね。忘れてください」

「いえ、この遺跡を探ることがエレインさんにとってどれだけ重要なのかわかったような気がします」

「そ、それじゃあ……？」

「行きましょう。ローラさんたちも了承してます」

「ローラたちも？　あ、ありがとうございます！　ソアラ姐さん！」

遺跡に宝があるかどうかはわからない。

大事なのはエレインさんの想いを汲むこと。

——私たちは遺跡の中へと足を踏み入れた。

遺跡の内部は意外と広く、通路の幅は大人三人が並んで歩けるくらいの広さがある。

天井の高さもかなりあるようで、窮屈な感じはない。

壁や床の材質も見たことのないもので、ところどころ発光している部分もある。

「これはいったい、どういう原理で光っているのでしょうか？」

「おそらく魔鉱石の一種だと思いますが、詳しいことはわからないですね。すみません、姐さん」

「魔鉱石？　魔鉱石とは地中深くに埋まっている魔力を帯びた鉱物のことですよね？　魔道具の動力源や、武器の素材として使われていますし、そんなものを遺跡の建材にするなんて……驚きです」

どういう理由で光る鉱石で壁や床を造ったというのだろう？

そもそもアイランドタートルはどこでこんな遺跡を飲み込んだのか……。謎が謎を呼ぶ。

「まぁ、細かい話はいいじゃないですか。それより、なにか面白いものを見つけましょう？　伝説の剣とか、魔王を倒すための魔導書とかあったらいいですよね！」

「ええ、では手分けして探しましょうか。ここは明るいですし」

「そうですね！　じゃあ、あたしはこっち側を探すので、姐さんはそちらをお願いします」

私たちは手分けしてフロア全体を捜索することにする。

しかし、小一時間探索しても残念なことに私たちの収穫はゼロだった。

「うーん、この遺跡はハズレだったか……」

エレインさんは落胆した様子を見せる。

確かに彼女の言うとおり、遺跡の中には特にめぼしいものはない。

「でも、もう少しだけ調査はしておきたいです。姐さん、お願いします」

「わかりました。念のため、もうちょっとだけ探索してみましょうか」

私たちは再び遺跡の中を調べて回る。それからしばらく経った頃――。

「あれ？　これって……」

私はとある壁の前で足を止めた。

そこには『封印』を意味するルーン文字が刻まれているのに気がついたからだ。

これは……貴重品保管用の金庫などに用いる封印術式ではないか。

(ということは、ここには財宝が眠っている可能性が高いですね)

「エレインさん！　ここに宝物があるかもしれません！」

「えっ⁉　マジですか⁉」

「はい！　ちょっと調べてみますね！」

「ちょ、ちょっと待ってください！　あたしも手伝います！　封印術式ならあたしもエルフ族秘伝の知識がありますから！」

私たちは二人で封印の解除に取りかかる。

幸いにも封印術式は複雑ではなかった。

封印が解かれると壁が左右にスライドして開き、隠し部屋が現れる。

(なんだか自動ドアみたいですね)

「おおっ！　すげぇ！　さすがは姐さん！」

「ふぅ……。なんとか開けられましたね。エレインさんの知識のおかげです」

「さぁ、なにがあるのか見てみましょう！」

エレインさんは喜びながら部屋の中へと入っていく。

無邪気な笑みを浮かべる彼女にほっこりしながら私も後に続く。

すると部屋の中に置かれた台座の上に、手のひらサイズの小箱があった。

「開けてみますか？」

「もちろんです！」

エレインさんの返事を聞き、私は慎重に蓋（ふた）を開ける。

中には指輪が入っていた。エメラルドグリーンの宝石が埋め込まれており、妖（あや）しい輝きを放っている。

「なんだこれ？　ただの指輪にしか見えないけど、まさか呪いのアイテムか？」

「いえ、そんな感じはしませんよ。解析魔法（アナリシス）を使ってみましょう」

「お願いします」

私は知らないアイテムを見つけたときのセオリーに従って、指輪に解析魔法をかけてみる。

（解析が完了したみたいですね。さて、この指輪は果たして――）

〝奇跡の指輪〟――この指輪に毎日魔力を込め続けると、奇跡的と言っていい確率で大いなる神の加護を得られる。本当に奇跡的な確率なので持ち主が生きている間なにも起こらないかもしれない。

「――という効果を持つアクセサリーみたいです」

「ええーっと、それってつまり。この指輪はかなり微妙なお宝ってことですか？」

私の説明を聞いてエレインさんはしょんぼりとする。

「そ、そんなことありませんよ」

確かに効果は微妙というか発動確率が奇跡的と言われるレベルらしいが、「大いなる神の加護」という言葉は気になるところだ。

「とにかく、試してみてもいいですか？　私がこの指輪を持ち続けて毎日魔力を込めてみます」

「でも、姐さん。生きている間になにも起こらないくらいの確率なんですよ？　それでも――」

「ふふ、それでも構いませんよ。ですが、私はこれでも神より天啓を頂戴した聖女ですから。必要なときに奇跡くらい起こしてみせるのが役目というものでしょう」

「ソアラ姐さん……！」

感極まった表情をして、エレインさんは私の両手を握り締める。

彼女の温もりが直接伝わってきて思わずドキリとしてしまった。

「と、とにかくですね。この指輪にはきっとなにか意味があるはず。そう信じたいのです。だって、エレインさんが魔王を倒したいという気持ちが導いてくれたアイテムですもの」

「姐さん！　ありがとうございます！　あたし、ソアラ姐さんについてきてよかったって思いました！」

「きゃっ！　え、エレインさん!?」

私の肩をガシッと摑み、顔を近づけて興奮気味に感動を伝えようとするエレインさん。

（か、かなり近いんですが。このままだと、く、唇が――）

「姐さん、あたしずっと前からソアラ姐さんのこと——ああ！　もう我慢できねぇ！　姐さん！　あたしの気持——痛え！」

「エレインさん、わたくしになにを仰ったか覚えていますの？」

「え、エリス……！」

いつの間にか現れたエリスさんが、背後からエレインさんに蹴りを入れていた。

温厚ないつもの彼女からは考えられないほどの見事な蹴りである。

戻りが遅いことに対して、怒っているのだろうか……。

エレインさんはムッとした表情でエリスさんを睨みつける。

「思ったよりも戻りが遅かったんでな。迎えに来た」

「ソアラ様～、エレインさ～ん。お怪我などされていませんか～？」

「ローラさん、ルミアさん。大丈夫ですよ。ご心配おかけしてすみません」

やはり三人とも私たちの戻りが遅かったので、遺跡の中まで探しに来てくれたらしい。

あれだけアイランドタートルの口から出てきた建物の中に入るのを躊躇していたのに、優しい人たちだ。

「ああっ！　エリスに蹴られたところがヒリヒリするぜ！」

「自業自得ですわ。抜け駆けしようとしたんですから」

「うっ……！　そ、それよりだな。お宝を見つけたんだぜ！　姐さん、みんなにも見せてやりましょうよ！」

　エレインさんは私のほうを向いて指輪を見せるように促す。

　そんなに焦らなくてもよさそうなものだが……。

「奇跡の指輪というアクセサリーみたいです。奇跡的な確率で大いなる神の加護を得られます」

「きれいです～」

「ええ、美しいですわ」

「ふむ……。それはなんとも微妙だな」

「おい！　ローラ！　お前、今なんつった⁉」

　ローラさんの感想にムッとした反応するエレインさん。

　彼女はそのままローラさんに詰め寄ろうとする。

「まぁまぁ、エレインさん。落ち着いてください。……ローラさん、確かに可能性は低いかもしれないですが、神の加護を得られるかもしれないと希望を持って戦えるのは、それだけで力になるとは思いませんか？」

　エレインさんをなだめながら、私はローラさんに話しかける。

「……うーん。ソアラがそう言うのなら、そうかもしれん。あなたは聖女だしな」

　私が聖女という神に仕える身だということを考慮して思うところがあったのか、少し考える素振りを見せていた。

「奇跡とは信じる心で起こすものだと私は考えています。まずは信じましょう。そして行動に移しましょう」

私にとってこの指輪が本当に奇跡を起こすかどうかは、さして重要ではなかった。

それよりも、絶望的な状況においても希望の光があることに価値があるような気がしたのだ。

精神論になるが、いずれやってくる激戦のことを考えると小さな希望の光が大きな意味を持つ可能性は十分にある。

「わかった。……悪かったな、エレイン。私の発言が軽率だった。許してほしい」

「お、おう。なんか気持ち悪ぃな、ローラが素直に謝ると」

「斬るぞ、貴様……！」

「へへ、今のはあたしが悪かったな。気にしてねーよ」

悪態をつき合いながらも、互いに笑顔を見せるエレインさんとローラさん。

この二人は戦闘になると最も息の合ったコンビネーションを見せるし、実は波長が合っているのだ。

(奇跡の指輪……、握り締めるだけでも不思議な気持ちになります)

その指輪は、神秘的とも言えるような輝きを放っていた。

私は奇跡の指輪を左手の中指に装備する。

「そろそろ行きませんこと？　早くしないと日が暮れてしまいましてよ」

「エリスさん……そうですね。では、皆さん参りましょうか」

私は仲間たちに声をかけて、遺跡の外へ出る。

少しだけ時間を取られたが問題はない。

遺跡を出たら砂漠を越えるためにもうひと頑張りしなくては。

そして、私たちは遺跡を後にした。

◆

それから数時間が経った。

私たちの砂漠の旅は特にトラブルに見舞われることなく順調に進んでいる。

「もう少しで国境を越えられます。ほら、見えてきましたよ。あれが砂漠の町、ワディ・エルバです」

「おお！　やっと着きましたね！　姐さん！」

「これで一安心ですわね」

「砂漠の旅も終わりが見えてきたな」

「楽しみです～」

皆、疲れが溜まっていたようで、ようやく辿り着いた町を見て安堵しているようだった。

砂漠の町、ワディ・エルバはジルベルタ王国とエデルジア王国の国境沿いに位置する町である。

両国を結ぶ貿易の拠点となっているため、多くの商人や旅人たちが行き来していた。

ゆえに砂漠で消費した物資の補充なども十分に行うことができる。

「それじゃあ、早速宿を取りに行きましょうか」

そんな話をしながら私たちは町の門をくぐる。

すると――。

「お、おい！　あの馬車って……」

「間違いねぇ！　あれは剣帝リーベルのパーティーの馬車だ！」

「なんであんなにボロボロなの？　中に人は乗っているのかしら？　ちょっとあなた見てきてよ」

「あ、ああ。でも、あの様子だと……かなりヤバイんじゃないか？　見に行くのは気が引けるというか」

「なによ！　意気地がないわね！」

周囲の人々が口々に騒ぎ始めた。

何事だろうか……。

リーベルさんは確か砂漠仕様の馬車を所持しており、私たちよりも先に砂漠へと出発したはず。

だから先にこの町に着いていても不思議ではないが。

「ソアラ様～、あれを！」

「え……？」

ルミアさんが指差す方向を見ると、そこには倒れている人影が見える。

（まさか……！）

私は慌てて駆けだした。

「リーベルさん！　大丈夫ですか!?　今、治癒術（ヒール）を」

「うっ……赤い鎧（よろい）に――あれは人間じゃ、がはっ――」

「そ、ソアラ先輩……リーベルさん亡くなって、しまいましたわ」

「………」

リーベルさんはおびただしい量の刀傷を受け、全身をズタズタに切り裂かれている。

血まみれで見るに耐えない姿になっており、治癒術ではどうにもならず亡くなってしまった。

「ソアラ様～、……これはいったいどういうことでしょう？」

「わかりません。ですが、何者かに襲われたのは明白です」

私は周囲に視線を向ける。

馬車の付近にはリーベルさんの仲間たちの遺体もあり、地面の所々に穴が空いていた。

「ひでぇな……」

「ああ、ひどい有様だな」

「なんてむごたらしい……！」

周囲で見ていた人たちが遺体を見て嘆き悲しんでいる。

リーベルさんは魔王の幹部を討伐した実績もあるベテランパーティーのリーダーで剣帝の異名を持つほどの剣士。その彼がここまで無惨に切り刻まれたということは、よほど強い敵と戦ったということか。

「……まだ近くに犯人がいるかもしれません。皆さん気をつけてください」

私は警戒するよう仲間に呼びかける。

しかし、周囲を見渡しても怪しい人物はいないようだ。

だが、油断はできない。

「ソアラ先輩、これからどうしますの？」

「そうですね……とりあえず情報収集をしてみましょう。何かわかることがあるかもしれません」

「このまま放っておくことなどできないもんな」

「ああ！　リーベルのおっさんの仇を討とうぜ！」

仲間たちがやる気になっている。

もちろん私も許せない相手だと思っているが、敵は間違いなく幹部クラス以上の手練。

全員でかからないと危険な相手だ。ここは慎重にいかなければ。

「皆さん、単独行動はせずに一緒に動くようにしてくださいね」

私は仲間に注意を促した後、情報収集のために動きだす。

まずは目撃者がいないか聞いて回ることにしよう。

◆

「ああ、赤い鎧を身に着けた剣士じゃった。それが剣帝リーベル様たちを風のような太刀筋で切り裂いていったんじゃよ」

「どこに行ったのかわかりますか？」

「いや、恥ずかしい話じゃが、あまりにも恐ろしくてのう。あそこから急いで逃げてしまって見てないんじゃよ」

私たちは町の住人たちに聞き込みをしたのだが、このようにあまり有力な情報は得られなかった。

「手分けして探せないから効率も悪い。なかなか情報を得るのは難しいな」

「ええ、わかったのは赤い鎧の剣士が単独で……しかも極めて短い時間で犯行に及んだことくらいですね」

「確かに。野次馬が集まる前に逃げおおせているほどだしな」

ローラさんは納得したような顔をする。

目撃証言は赤い鎧の剣士がパーティーを瞬時に全滅させたことのみ。どこに逃げたのかは誰も見ていない。

「……つまり、姐さんはとんでもねぇ剣士が、リーベルのおっさんたちを瞬殺したと言いたいわけですね」

「はい、そういうことになります。想像はしたくありませんが」

「あのリーベル様のパーティー全員をあっという間に倒したんですか～？　怖いです～」

エレインさんとルミアさんはリーベルさんを倒した相手に恐怖を感じているようだ。

（リーベルさんは世界でも有数の剣士の一人。それが一瞬で殺されたとなると、その実力は恐ろしいです……。彼は〝赤い鎧〟という言葉を遺（のこ）していますが、そんな目立つものを身に着けていつまでもこの辺りをうろつくなどしないでしょう）

赤い鎧についても町の住民に話を聞いてみたが、他の場所で見たという人はいない。

おそらくすぐに着替えたか、なにかローブなどを羽織って鎧を隠しているはずだ。

「お嬢ちゃん、一人で旅しているのかい？　生憎（あいにく）、薬草は切らしていてねぇ」

「そう……残念だわ」

ふと目の前の雑貨屋で店主とローブを身に着けた銀髪の女性の会話が耳に入る。

どうやら薬草を買いたいらしいが、売り切れだったらしい。

「ちょっとあそこに行ってきます」

「あ、ソアラ様～」

私は仲間たちに断りを入れて雑貨屋へと足を向ける。

どうにもあの女性を見過ごせなかったのだ。

「あの、よろしかったらお使いください。私たちは余分に持っていますから」

「えっ？　いいの？」

「はい、困ったときはお互い様です」

私は彼女に自分の荷物から取り出した薬草を手渡す。

彼女は驚いた様子を見せつつも、嬉しそうにそれを受け取った。

そのエメラルドのような瞳は一点の曇りもなく澄んでいる。

（こんなきれいな瞳の人、初めて見ました。でも、どこか悲しそうな表情をしています）

「ありがとう、助かるわ」

「どういたしまして。もし、どこかお怪我をされているのでしたら言ってください。治癒術（ヒール）なら使えますので、治せますすよ」

「治癒術を？　あなた治癒術士なの？」

「あ、はい。そうではないですが、心得はあります」

私は聖女なので治癒術士とは若干ニュアンスが違う。

だが、自ら聖女と名乗るのは実はかなり恥ずかしいので、そこは曖昧に濁しておくことにした。

「そう、すごいわね。でも、私の怪我は大したことないから大丈夫よ」

「そうですか……」

銀髪の女性はそう言ったが、薬草を使うほどの怪我はしているみたいだ。

それに自ら怪我を負っている中で買い物をしているところを見ると仲間がいる気配もないし、もしかしたらなにか事情を抱えているのかもしれない。

「あの、お一人で旅をされているのですか？」

「あら、詮索？」

「いえ、世間話です」

「あなた不思議な人ね。知らない人にモノを譲ったかと思えば、今度は世間話？　まぁ、いいけど」

「すみません」

「謝る必要はないわ。私はただの旅人よ」

若い女性一人の旅人。フリーの冒険者あたりかと思っていたが、違うらしい。

（腰の剣は護身用にしては立派な得物に見えますが……）

彼女の剣がふと目に入る。私やローラさんの愛剣と変わらないくらいの、女性が持つにはなかなか大きいサイズだ。

これを使いこなせるとしたら、それなりに腕が立つはず――。

「それより、お仲間さんのところに戻らなくていいの？　あの子たち、あなたの仲間でしょ？」

「あ、そうです。今から食事でも摂ろうかと思っていたんですけど。ご一緒にどうですか？」

出会ったばかりだが、気になる人だったので私はもう少し話がしたくなった。

ミステリアスな雰囲気に惹かれたと言ってもいい。

「そうね。じゃあ、お願いしようかしら」

女性は少しだけ微笑んで返事をする。よかった。食事をともにしてくれるようだ。

そして、私は彼女と二人で仲間のもとに向かう。

「お待たせしました」

「あっ！　ソアラ先輩！　おかえりなさいませ！」

「ソアラ様～、あっちのお店が美味しいらしいですよ～！」

「ソアラ？　あなた大聖女ソアラ・イースフィルなの!?」

エリスさんとルミアさんの言葉を聞いた途端、銀髪の女性は急に驚きだす。

そして私の顔をまじまじと見つめていた。

「ええ、そうですが……どうかされましたか？」

「……ちっ、外見的な特徴は聞いていたのに、覇気のない奴だったから気づかなかったわ」

急に女性の態度が変わったので私は驚いて彼女を見る。

まるで忌々しい者を見るような、そんな憎悪に満ちた瞳の色に変化しており思わず身構えてしまった。

「えっと、どちら様でしょうか？　それと、私のことを知っているのですか？」

「ええ、もちろん。剣帝さんと同様に我が君、魔王様に仇なす身の程知らずを屠るのが私の役目。魔剣士クリス……それが私の名よ」

そう言うと彼女は自らの腰に差した細身剣を引き抜き臨戦態勢を取る。

同時にローブを脱ぎ捨てると赤い鎧が目に入った。

(迂闊でしたね。ローブのようなものを身に着けていると予想はしていたのに、彼女があまりにも刺客とは思えないほど澄んだ目をしていたから気づけませんでした)

私は自分の無能さを呪う。ただ、クリスさんとやらのほうも私の正体に気がつかなかったのは幸いだった。下手をすれば不意を衝かれて命を落としていた可能性もあった。

リーベルさんを手にかけたほどの手練。その実力は計り知れない。

（さて、どうしたものでしょうか？）

「……大聖女さんのパーティーは五人。全員揃っているみたいね。動かないのは剣帝さんが無惨に殺られたのを目の当たりにしたからかしら？　恐怖に身がすくんで動けないなんて、情けない限りだわ」

「んだと！　姐さんがてめぇなんかにビビるかよ！　火竜召喚！」

怒りの形相になったエレインさんが魔法で炎の竜を召喚する。

挑発に乗っているようで、きちんと間合いを取りながら戦っているのはさすがと言うべきか。

「ふぅん、なかなかの使い手のようね」

「余裕ぶっこいてんじゃねぇぞコラァッ!!　喰らいやがれ!!」

「あら？　意外に速いじゃない。だけど、私には届かない」

瞬きをした間ほどの刹那、炎の竜は真っ二つに切り裂かれてしまう。

（まるで剣の動きが見えませんでした。私の一閃よりも速い――）

「そんな……」

「まぁ、悪くはないわ。でも所詮はその程度。私の間合いに入れば斬られて終わりね」

「くっ……」

悔しそうな表情を見せるエレインさん。

だが、それでも彼女から闘志は消えていない。

「ソアラ、接近戦を避けたいのはわかるが、そうも言ってられんぞ」

「ええ、わかっています。一緒に攻めてくれますか？　ローラさん」

「ああ、任せておけ」

私とローラさんはそれぞれ武器を構える。

私は長槍、そしてローラさんは剣。

「へー、面白い組み合わせね。いいわ、かかってきなさい」

「言われなくてもいきます！　はぁぁっ!!」

私は全力を込めて突進し、槍を突き出す。

リーチの長い槍は剣を相手にするならば有効なはずだ。

「遅い」

「なっ!?」

私が見舞った槍のラッシュを、クリスさんは剣で次々と弾く。

まるで踊っているかのような優雅さと美しさをもってしてすべての攻撃を防いでいく。

「なるほど武芸百般と聞いていたけど、確かにその槍さばきは達人のそれね。でも私を相手にするなら、遅すぎるわ」

「それは……どうでしょうか？　闘気術」

私は自らの身体能力を飛躍的に上昇させる。

その勢いのまま、突きを繰り出していく。

「へぇ、さっきまでは加減していたっていうわけ？　随分とマシになってきたじゃない。でも無駄よ。私の剣技の方が上回っている」

この女性、すごい。闘気術を使った私よりも身体能力が上だなんて……。

私もかなり修行したつもりだったけど、この人はいったいどれだけの鍛錬を積んだのだろうか。こうなったら――。

「まだまだ！　私は諦めません！」

「そう、頑張ってね。ほら、足元注意しないと危ないわ」

「なっ!?」

クリスさんは私の足を引っかけようとしてくる。

だが、隙を見せたのはわざとだ。彼女は忘れている。ローラさんの存在を。

「闘気術！　ダルメシアン一刀流奥義・ファングドラゴンスラッシュ」

「ぐぅっ！」

私の攻撃に気を取られていたクリスさん。

そこへ間髪をいれずに放たれた一撃により、彼女はかろうじて反射的に剣でガードする。

今の攻撃でクリスさんの剣を弾き飛ばした。

（いける！　私には仲間がいるんです！）

しかし――。

「なかなかやるわね。だけど、まだ甘いわ」

「ちぃっ！」

クリスさんは身体を捻(ひね)ると、剣を素早く引き戻した。

「わたくしたちを忘れていますわよ。光の精霊よ、彼(か)の者を貫(つらぬ)け。光の矢(ホーリーアロー)ですわ！」

エリスさんが放った光属性の魔法の矢がクリスさんを襲う。

だが、彼女はそれを避けもせずに剣で薙(な)ぎ払った。

「そんなもの効かないわ。……でも、なるほど。剣帝さんのパーティーよりも潰(つぶ)し甲斐があるじゃない。仕方ないわね。少しだけ本気になってあげようかしら」

クリスさんの目つきが鋭くなり、こちらを睨みつける。

(嫌な予感がしますね。ここは彼女の間合いでは届かない――えっ？)

それは一瞬の攻防だった。

私やローラさんが攻撃を仕掛ける前に、既(すで)にクリスさんは剣を振り終えている。

彼女の振るった剣の軌跡から光が走り、まるで光線のように私とローラさんを切り裂いた。

「があああっ!!」

「うぐっ！」

あまりの威力と速さに対応できず、そのまま吹き飛ばされてしまう。

「だ、大丈夫ですか⁉　二人とも！」

「ええ、なんとか……」

　幸いにも致命傷は避けたが、かなりのダメージを受けてしまった。

　二人とも血をかなり流している。長期戦は無理かもしれない。

「おいおい、姐さんとローラの奴が一瞬で？　ありゃいったいどういうことだ？」

　エレインさんが驚きの声を上げる。

　それも当然だろう。私だって信じられない気持ちでいっぱいなのだから。

（あの剣技はなんでしょう？　あんな動き見たことありません）

「魔術師さんにもう一人の聖女さん。あなたたちも他人の心配なんかしていられる立場かしら？」

「「――っ⁉」」

　その声が耳に届くかどうかのうちに、今度はエレインさんとエリスさんが宙を舞う。

　二人は地面に叩きつけられ、意識を失ってしまった。

「大聖女さん……、あなたは仲間がいるから私には負けないとでも思ったのかしら？　悪いけど、弱い奴は強い奴の足手まといにしかならないのよ」

「そんなことありません！　私の仲間は弱くないですし、ましてや足手まといなどではありません！」

剣を掲げて勝ち誇るクリスさんに、私は反論する。

彼女から感じる憎悪の正体。それは仲間というものに関連しているのだろうか……。

「あ、そう。じゃあ、そこで仲間が死ぬのを見ていなさい！　自分の無力さを噛み締めながら、ね！」

「超身体強化術！」

「えっ？」

仲間を殺らせるわけにはいかない。

反動はものすごいが、私は切り札である最強の身体強化系スキルで勝負することにした。

そして、剣を収納魔法から取り出して、そのまま彼女に斬りかかる。

「――っ!?　は、疾い!?」

「はぁああ!!」

私の渾身の一撃を、クリスさんはかろうじて反応して受け止める。

だが、私の一撃はさっきまでの比ではない。

この技は仲間との絆から生まれた力だ。二度と彼女に、仲間が足手まといだなんて言わせはしない。

私はさらに力を込めて押し込んでいく。

「くっ！　なんて馬鹿げたパワーなの!?」

「ルミアさん！　私が抑えている間に回復アイテムで皆さんの手当てを！」

「わ、わかりました〜！　ソアラ様〜」

私は唯一無傷のルミアさんに仲間の応急処置を頼みつつ、クリスさんに連撃を繰り出す。

「ちっ！　舐(な)めるんじゃないわよ！」

「きゃっ！」

私の猛攻に耐えかねたのか、クリスさんが強引に剣を振るって私の攻撃を弾いた。

「まだまだぁ!!」

私は怯(ひる)まずに何度も何度も剣を叩きつける。

幸いにも超身体強化術(フルバーストギア)を使っている私のほうが身体能力は彼女よりも上回っているようだ。

このまま押し切れば勝てるはず。

「どういうこと!?　こんなに強いなんて聞いてないわよ!?」

クリスさんの顔に初めて焦(あせ)りの色が見えてきた。

その表情を見たとき、私の心の中に勝利への確信が生まれる。

「これで終わりです！　我流……撃天傑光(うてんけっこう)！」

「――っ!!?」

グイッと身体を捻り、その反動を利用する私の技の中で最も破壊力のある剣技でクリスさんの剣を弾き飛ばす。

そして間髪をいれず私は彼女の胴体目掛けて剣を横薙ぎに振るった。

「……ふぅ、危なかったわ」

しかし、剣はクリスさんの体に届くことなくピタリと止まってしまう。

完全に捉えたのに、どういうことだろうか。

「魔王様から頂戴した、このナイフまで使うことになるとは。まったく予想外もいいところよ」

「な、ナイフ?」

クリスさんの左手をよく見ると、いつの間にか赤く輝く短剣が握られていた。

「お守り代わりに懐に入れてて助かったわ。これがなかったら、この私でもかなり深刻なダメージを負っていたかも」

彼女はナイフで私の剣を弾いて後ろに下がる。

私の全力の一撃を受けてもヒビ一つ入ってないとは、とんでもない硬度だ。

「はぁ、思ったより時間取られちゃったわね。鬱陶しい野次馬も集まってきたし」

「こっちのほうで大きな音がするぞ！」

「なんだ!?　また騒ぎか!?」

クリスさんは周囲を確認するような仕草をして、面倒臭そうな表情をした。

「……大聖女さん、あなたとの決着はこんなチンケな場所じゃもったいない。もっと相応しい

場所でつけましょう」

「それはつまり……」

「もちろん、我が魔王軍が総力をあげてあなたたちを潰しにかかる戦場でよ」

彼女はそれだけ言い残して、この場から姿を消してしまう。

「……はぁ、逃がしてしまいましたね」

私はため息を吐きながら、ゆっくりと膝をついた。

超身体強化術（フルバーストギア）を使った反動で、全身が激痛に襲われているのだ。

それにあのクリスさんとやらから受けた怪我のダメージも大きい。

「ソアラ様～！」

「ルミアさん……」

「今、薬草を使って治療しますので動かないでください～」

「ありがとうございます。でも大丈夫ですよ。自分で治癒術（ヒール）を――」

「そんな血まみれでなにを言っているんですか～！　ちゃんと治さないと後で大変なことになるかもしれませんよ～」

確かにルミアさんの言葉にも一理ある。

今は無理せず、おとなしくルミアさんの治療を受けることにした。

それにしても、あのクリスさんという剣士……魔王軍の一員だったのか。

しかも、あれほどの実力者。

私たちが彼女を退けることができたのは運がよかっただけかもしれない。

◆

「くそっ！　姐さんの目の前でなんたる体たらく！」

全員の治療を終えて、食事をするためにレストランに辿り着くとエレインさんが苦々しい表情でテーブルを叩いた。

「うむ。屈辱……以外の言葉が浮かばんな。魔王軍の幹部を討伐して浮ついていたと言われても否定はできん」

ローラさんも神妙な面持ちだ。

二人の言うことはもっともだと思う。

クリスさんの強さは想像以上だった。

「魔族さんはやっぱり強い人が多いですね～。私なんか全然歯が立ちませんでした」

「いえ、あの人は人間です。私たちと変わらない普通の人間でした」

「そ、ソアラ先輩！　それは真ですの？　あの強さは異常でしたわ！」

ルミアさんの言葉を否定すると、エリスさんが驚きの声を上げた。

「はい。間違いありません。あの人からは魔族独特の気配を感じ取れませんでしたから」

「マジかよ！　ってことはアレか？　あいつもあのゼノンって奴みたいに魔族にされちまったとか？」

「それもおそらくないかと。ゼノンさんとも雰囲気が違いましたから。ですが、あの強さは彼と同等以上に感じました」

私の言葉に皆は黙り込んでしまう。

それほどまでに彼女の強さは圧倒的だったということだ。

超身体強化術（フルバーストギア）のおかげで若干身体能力で上回ることができたが、持久戦に持ち込まれていたら負けは必至だったかもしれない。

なんせ、あの術は身体的な負担が激しい上に魔力もかなり消費する。

その証拠に怪我は治っても、もう体がヘトヘトだ。

「……いずれにせよ、このままではいられないな。奴らは近いうちに必ずまた現れるだろう。そのときに我らの力不足が原因で負けるわけにはいかない」

「はい。そのとおりです。だからこそ、私たちは強くならなくてはいけません。これから大きな戦いがありますが、実戦経験を積んで強くなりましょう」

私の提案に全員が力強くうなずいた。

魔王軍との戦いは避けられない。

ならば、戦えるように強くなるしかないのだ。

私たちは新たな決意を胸に互いの目を見てうなずき合う。

（大丈夫です。仲間の力を信じて成長すれば、きっと私たちはもっと強くなれます）

そしてこの町で補給を済ませ、一泊して体を休めた私たちはいよいよ大国エデルジア王国の国境を目指し再び砂漠へと足を踏み入れる。

――その翌日、病院に運び込まれたリーベルさんの遺体がいつの間にか消えていた――という不可解な事件がワディ・エルバで起こっていたのだが、既に町を去っていた私たちにはこのことを知る由もないのだった。

それを私たちが知ったのは、次なる強敵との死闘とも呼べる戦いの最中で……。

第二章 ◆ 「各国の精鋭たちです」

Banno Skill no Retto Seijo

魔剣士クリスの襲撃を退けてから数日後。

私たちはエデルジア王国の関所に辿り着く。

「ここが……エデルジア王国ですか」

私は初めて訪れた国を見渡しながら感慨深く呟いた。

「ええ、そうですわ。ここは大陸で最大の領地面積を誇る国であり、商業大国でもありますの。初代国王マハティマッカ一世が――」

私の言葉を聞いたエリスさんはこの国の成り立ちについて語りだす。

(これは詳しいどころの話ではないですね。まるで――)

「エリスはこの国に住んでいたことがあるのか？」

「ええ、お父様がこの国に別荘を持っておりますから」

「別荘？　そういや、お前は貴族のお嬢ちゃんだったな」

馬車を降りて入国手続きを行うために並んでいる最中、雑談をしているとエリスさんの言葉にエレインさんが思い出したように呟く。

私もあまりに馴染んでいて忘れそうになるが、エリスさんは王族の血を引く貴族の娘。

本来なら聖女としての天啓を授かっても冒険者になどならず、貴族としてなに一つ不自由なく暮らしていたはず。

しかし、彼女はそれを拒み、冒険者になることを選んだ。

「ええ、そうですわ。……確かに冒険者になるかどうかは迷いました。ですが、ですが！　ソアラ先輩と一緒に冒険できるのでしたら、貴族の生活など捨てても微塵も後悔などございませんでした！」

「そ、そうなんですね……」

「はい！」

エリスさんがあまりにもひたむきに語るものだから、私は少し照れてしまう。

（そこまで、冒険者としての生活って魅力的ですかね……？）

「ふむ。エリスの気持ちはよくわかるぞ。私も同じ立場だったら同様の選択をしていたかもしれん」

「まぁ、あたしらも姐さんに惚れて、パーティーを作ってくれって無茶ぶりをしてみた口だからな」

「む、無茶ぶりしていた自覚はあったんですね……。エレインさん」

うなずきながらエリスさんに同意しているローラさんとエレインさん。

お二人が熱心にパーティーを作ろうと誘ってくれてなかったら、きっと私は今でもフリーの冒険者を続けていただろう。

「次の方どうぞ。入国許可申請の書類はお持ちでしょうか?」

そんなことを話していると、私たちの順番が回ってきたようだ。

「こちらになります」

「ありがとうございます」

入国審査官の男性に渡された書類を受け取り、必要事項を記入していく。

「……はい、問題ありません。ようこそ、エデルジアへ!」

特にトラブルもなく無事に入国することができた。

各国からのパーティーもこうして集まってくるのだろう。

その証拠にそれらしき人たちも何組か見える。

「さぁソアラ様～、行きましょう～」

「はい。ここから王都を目指します」

エデルジア王国に入国した私たちは集合場所に指定されているエデルジア大聖堂のある王都へと向かう。……新たな国での冒険が始まった。

エデルジア王国は王都を中心に栄えており、様々な商人たちが行き交っている。

また、他国との中継地点ということもあり、旅人の姿も多い。

ちなみになぜこの国が最大の国なのかというと、それは——軍事産業や冒険者ギルドが発達しているということが理由の一つだ。

エデルジア王国の領土には多くのダンジョンが存在し、そこから産出される資源や魔石が重要な財源となっている。

そして、その恩恵を受けているのは何も冒険者たちだけではない。

国の上層部も莫大な富を得ているのだ。

魔道具の開発や魔物から採れる素材の加工技術によって生み出された商品はどれも一級品ばかりであり、この国でしか手に入れることができないものも少なくない。

この国はまさに金のなる木。だからこそ、エデルジア王国には世界中から多くの人が集まる。

そのようなことを王都までの道中でエリスさんから教えてもらった。

「確かにすごい人の数ですね。こんなに賑やかな光景は初めて見ました」

「こりゃあ、ジルベルタ王国の王都すら田舎に見えちまう。だが、悪くねぇな」

「はい。活気があっていいと思います」

「うむ。そうだな」

「楽しそうです～。あっちこっちにキラキラした建物がありますし～」

私たちはエデルジア王都の街並みを見て感嘆の声を上げる。

なんせ大陸一番の人口を誇る街だ。どこを歩いていても人の姿が視界に入る。

しかも、建物一つ取ってみても、他国とは一線を画していた。

他の国と同じく中世ヨーロッパのような造りの建物もあれば、驚くべきことに近代的なビルのようなものまであるのだ。

「エリスよ、あのカジノという建物はなんだ？　随分と派手ではないか」

「あれは賭博場ですわ。ギャンブルというものが流行っていて、とても人気がありますの」

「ほう、興味深いな。一度行ってみたいものだ」

「そうですわね。私も興味がありますわ」

なんとカジノまであるのか。近代的なビルといい、この世界は過去にも私のような転生者がいたのではないかと勘ぐってしまう。

「おいおい、お前ら。ソアラ姐さんがギャンブルなんかするわけないだろ？　賭け事なんて姐さんのガラじゃねえぜ」

「そうですね。賭け事は深みにハマってしまうと身を滅ぼす可能性がありますよね。ですが、旅のストレスを発散するのにはいいかもしれませんよ？」

確かにエレインさんの言うように私はそういうことに興味がなかったし、実際に体験したこともない。

（たまには息抜きとして遊んでみましょうか。エリスさんやローラさんは興味があるみたいですし）

「ではでは〜、あのキラキラの建物に行ってみてもいいんですか〜？　ソアラ様〜」

ルミアさんが嬉しそうに尻尾をふりふりしながら聞いてきた。

相変わらず愛嬌があって可愛らしい。そんなに目を輝かされると断れないではないか。

「ええ、構いません。ただし、ほどほどでお願いしますね」

「は〜い！」

「やったぜ！」

「ふふっ、それならわたくしも久しぶりに楽しみますわ」

「ギャンブルか。勝負強さを試すにはちょうどよさそうだな」

私の言葉に皆も乗り気で、各々楽しんでくれそうだ。

特にエレインさんとローラさんは自信がありそうな様子だった。

「では、皆さん。カジノで少しだけ遊んでから宿を探しましょう」

「「「「はーい！（おう！）」」」」

王都に着いてすぐに遊ぶのはどうかと考えなかったわけではないが、息抜きは必要。

カジノでストレスを発散して気分を切り替えよう。

（思えば戦いの繰り返しでしたからね）

私たちはつかの間の休息を楽しむことにした。

「当カジノにようこそ。まずはあちらのカウンターで現金をメダルに換えていただいて、それをディーラーに渡して遊んでください」

カジノへとやってきた私たちは黒いスーツを着た男性に遊び方のレクチャーを受ける。

なるほど、お金を使うのではなくメダルを買ってそれをベットして遊戯するのか。

前世でゲームセンターには行ったことがあるから、なんとなくの雰囲気は摑めた。

「ソアラよ、なかなか立派な内装だな」

「はい。とてもきらびやかに装飾されていて、美しいです」

目の前に広がる光が織りなす空間に目を奪われてしまう私たち。

どうやら、魔道具を大量に使ってゴージャスな雰囲気を演出しているらしい。

「へへ、腕が鳴るぜ」

「エレインさん、喧嘩をする場所ではありませんのよ。あくまでも優雅に遊ぶ場所なのです」

エレインさんが文字どおりポキポキと指の関節を鳴らしていると、すかさずエリスさんから注意が入る。

「わかってるって。あたしだってそんなバカじゃないさ」

「……どうでしょうか」

「あんだと？」

「いえ、なんでもございませんわ」

「こんなところで言い争いはやめてくださ～い。早く遊びましょ～」

険悪な雰囲気になりそうなところをルミアさんが止めてくれたおかげで、なんとかその場は収まったようだ。

このカジノには私たちの他にも多くの人が訪れており、各々ゲームに興じている。

（さて、どのゲームで遊びましょうか）

私はメダルを借りて、フロア内を一通り見て回った。

ポーカーやルーレットといったテーブルゲームの席に座って真剣にプレイしている人たち。

熱くなっているのか、目が血走っていて殺気立っている人もいる。

また、奥の方にはスロットマシンなどが設置されている一角があり、さらに奥には――。

「スライムレースですか……」

そこには、たくさんのスライムがぴょんぴょんと跳ねながら走っている姿があった。

まるで本当の競馬のように賭けが行われているようで、その光景を見た瞬間、私の血が騒ぎだす。

（面白そうです。これは、やるしかないですね）

幸いなことに、このカジノのゲームはどれもこれも前世にあるものと酷似（こくじ）していた。

細かいルールの違いはあるかもしれないが、基本的には同じと言っていいだろう。

私はとりあえず手持ちお金をいくらかメダルに交換してから、どれで遊ぼうかと思案する。

「やはりスライムレースが一番気になりますね」

私は一番倍率の高い単勝に一〇〇枚分のメダルを賭けてみた。

「お嬢ちゃん、スライムレースは初めてかい？　このスライムは今日初めて調教が終わったばかりでね。実績が皆無なんだ。だから、高い倍率なわけだが……」

「そうなんですね。ご親切にありがとうございます。ですが、速そうな名前のスライムだったものですから」

「ほう。この〝レクサス〟という名前が速そうに感じたとは、面白いことを言うなぁ。ははは」

「あはは、そうですかね？　でも、なんとなくですよ。直感です」

私がレクサスというスライムが速そうだと言うと、男性は目を丸くしたあと、楽しげに笑った。

そして、いよいよレースが始まる。

『さあさあ始まりました！　記念すべき第一レース！　今年生まれたばかりのスライムたちがどこまで頑張るか！　注目の一戦となります！』

実況者らしき男性が声高らかに叫び、観客たちは大いに盛り上がる。

『一枠レクサス、二枠プリウス、三枠○△□×☆、四枠◎▲■……』

こうして、スライムのレースが始まった。そして結果はというと――。

「まさかの最下位でした」

「姐さんの賭けたレクサスってスライム。堂々としていましたが、普通に遅かったですね……」

「そ、そうですね。やはりギャンブルは難しいです。まさか〝プリウス〟が一着とは……」

勝手な先入観でレクサスが速そうな感じだったのですが、実際にはそうでもなかったようです。

「ソアラ様～。次も頑張りましょう～」

「そうですね。もう一度やってみましょうか」

結局、その後何度かチャレンジしたが、なかなか思うようには勝てない。

毎回私が狙っているスライムが負けるのは、ギャンブルが下手くそだからだろうか……。

「おい！　こら、ディーラー！　テメー、イカサマしやがったな！　あーん!?」

スライムレースに興じていると、ポーカーのテーブルのほうで人相の悪いレスラー体型の男性がディーラーに怒鳴りつけているところに遭遇した。

怒鳴っている男性の後ろには手下らしき者たちも何人かいる。

（嫌な予感がしますね……）

「お客様、滅多なことを言わないでください。当カジノは公正公平をモットーとしております。そのようなことは断じてありません」

「いーや、このオレさまが見てた限り、間違いなくオメーは怪しい動きをしていたぞ！　あーん!?」

「言いがかりはやめ――がふっ！」

「おい、テメーら！　やっちまおうぜ！」

「「「おおー！」」」

男は突然ディーラーに殴りかかった。

すると、男の仲間と思われる者たちも一緒になって暴れ始める。

「うわわわわわ～。どうしましょう～」

「チッ、仕方ねぇ。ぶっ飛ばすしかねえか」

「ちょっと、エレインさん！　落ち着いてください！　私たちの出る幕はなさそうですよ」

「えっ？」

エレインさんが魔法を使おうとしたのを止めて、私は騒動の中心へと視線を移した。

「はぁ、カジノの用心棒なんて引き受けるんじゃなかったわ。毎日だるいったらありゃしない」

「某らは慢心していたゆえ、初心に帰るために心機一転新たな国でフリーターになろうと言ったのはお主ではないか」

いつの間にか黒いスーツを着た男女が、レスラー体型の男性の目の前に姿を現していた。

「なんだぁ？　テメーらはよぉ」

「某らはここの用心棒として雇われた者だ。お前たちの行為は見過ごせん」

「豚みたいなオッサン、さっさとそこのディーラーの治療費置いて帰りなさい。じゃないと痛い目に遭うわよ」

そう言って、二人はレスラー体型の男の前に立ち塞がった。

（あの二人は――）

なぜ二人がここにいるのかわからないが、かつての仲間の顔を見間違えるはずがない。

以前、私は勇者ゼノンのパーティーに所属していた。

そのとき仲間だった剣士アーノルドさんと、治癒術士リルカさん。

Ｓランクスキルに覚醒している才能溢れる二人がなぜこんなところで用心棒などやっているのだろうか……。

「用心棒だと？　フハハハ、ちょうどいい。テメーらをボコって憂さを晴らすとするかな」

「あんたバカ？　私たちを舐めてると後悔するけど、それでもいいかしら？」

「ああ、貴様らごときに剣は必要ない。この筋肉に誓って素手で貴様たちを成敗しよう」

「へぇ、面白ぇじゃねーか。やろうぜ、威勢のいい姉ちゃんたち」

二人の挑発を受けたレスラー体型の男がリルカさんに殴りかかる。

見た目が華奢なリルカさんに向かっていくあたり、彼も言うほど腕に自信があるわけではないように見えた。

(これはいけませんね)

リルカさんの拳が男の顔面に炸裂する。

男の突進する力を上手く利用してカウンターを叩き込んだのだ。

「ぐほおっ!?」

「あら、治癒術士の女に殴り飛ばされるなんて口ほどにもないわね。あの子じゃなくてもこれくらいはわけないわ」

「うむ。そのとおりだ。まだまだいくぞ!」

そこから先は一方的な戦いだった。

レスラー体型の男はもちろん、仲間の男たちもアーノルドさんの一撃によって次々に吹き飛んでいく。

リルカさんも以前は後衛に徹していて格闘などしていなかったのに、大柄な男を蹴飛ばすという体術を披露していた。

そして、ものの数十秒で、その場に立っているのは二人だけになる。

「う、嘘だろう……!　ボスが女なんかに……」

「おい、早く逃げるぞ。こいつらヤバすぎる……」

手下たちは慌てて逃げていく。

倒れている男たちを置いてけぼりにするところを見るとそこまで仲間意識は高くないらしい。

「むっ？　お主はソアラか……」

アーノルドさんが私に気づいてこちらにやってきた。

「ど、どうもご無沙汰しております」

「お主には礼を言わねばならぬと思っていたのだ」

彼は私の前に立つと頭を下げる。

「……まさかあなたがカジノに来るとはね。それと、この前はありがと……」

アーノルドさんにつられて、隣にいたリルカさんも軽く会釈をした。

「お二人ともお元気そうでなによりです」

「「…………」」

私がアーノルドさんとリルカさんに声をかけると、二人は黙って顔を見合わせる。

（ええーっと、なにか変なことを言いましたかね？）

「……それだけ？」

「それだけ、とはどういうことです？」

「だって私とアーノルドは、ゼノンと一緒になって仲間だったあなたを追放したのよ？　パーティーの戦力の要はあなただったはずなのに不当に解雇したの。恨んでいないのかしらと思って」

「そういうことでしたか……」

確かにゼノンさんのパーティーを追放されて、私は心に傷を負っていた。

でも、今はもう大丈夫。なぜなら――。

「私は自分のパーティーを作ったんです。新たな仲間もいますし、恨んではいないですよ」

「ソアラよ……、かたじけない」

「ソアラ……、本当にごめんなさい」

二人は改めて私に謝罪をする。

とても申し訳なさそうに頭を下げており、十分に気持ちは伝わってきた。

(お二人にも色々とあったのですね)

「大丈夫ですよ。お二人とも、もう謝らないでください。……私にも至らないところがあったんだと思います。そこはお互い様ということにしましょう」

それに私も、ゼノンさんだけでなく、お二人とも一定の距離を取っていたような気がする。

足を引っ張らないようにするために必死すぎて、仲間とのかかわりを蔑ろにしていたのだ。

追放自体は理不尽だったと思えども、自分にまったく非がないとは言えない。

「ありがとう。感謝する」

「あなた、お人好しにもほどがあるわよ」

こうして、私はアーノルドさんとリルカさんと和解することができた。

しかし、一つ気になることがある。

「あの、お二人ほどの一流の冒険者が、なぜカジノの用心棒をされているんですか？　いえ、用心棒も立派なお仕事だと思いますが、ゼノンさんのパーティーにおられた二人がここにいる理由が気になりまして」

二人は冒険者の中でも数千人に一人しかいない〝覚醒者〟。

エリスさんと同じく天賦（てんぷ）の才を持つ凄腕（すごうで）の冒険者だ。

なにより、そもそも勇者ゼノンのパーティーの一員だったはずなのに、どうしてこんなところで働いているのだろうか。

「それは――私たちがゼノンのパーティーを辞（や）めたからよ」

「まぁ、某らが辞めたらゼノンは一人になったから、解散と言ってもいいかもしれんがな」

「ゼノンさんのパーティーが解散……？」

ようやく私はあの日、ゼノンさんがアストという魔族によって肉体改造されて襲いかかってきたときから抱いていた疑問に答えが出ました。

彼は一人になっていたのか。

だからアストに捕まって魔族に――。

「あなたは私たちを一流の冒険者などと言っていたけど、それが私たちの思い上がりだったのよ」

「慢心、それによって尊大な態度を取り、自（みずか）らの力を過信して敗北を繰り返した。某らは初心に立ち返り、まずは堕落した精神から叩き直すことにしたのだ」

リルカさんとアーノルドさんは自らの過（あやま）ちを見つめ返して、そこから逃げずに一からやり直そうとしている。

人間は誰しも間違える生き物だ。しかし、間違えたあとに反省して前を向くことは誰にでもできるものではない。

（お二人とも立派な方です。私も見習わないといけませんね。ですが――）

「なるほど……。理由はわかりました」

「ま、いつかゼノンも反省してあなたに謝るかもしれないから。期待せずに待ってなさいよ」

「ゼノン様は魔族になってしまいましたわ。ソアラ先輩を殺そうとしたんです。もう謝ることはできませんの」

「「――っ!?」」

私たちの会話を聞いていたエリスさんが話に割り込んでくる。

そういえば彼女も私と入れ替わる形で、一時的にお二人とパーティーを組んでいたため面識があったのだった。

少し怒っているのはゼノンさんに嘘をつかれていたからだろうか。

「え、エリス。それどういうこと？　ゼノンが魔族になったたって！」

「ソアラを殺そうとしたとは真か？」

驚愕した表情でエリスさんに質問をする二人。

無理もない。人間が魔族になったという話自体が信じ難いのに、それが自分たちの元仲間の話となると……。

「はい、本当ですわ。私はこの目で見ましたの。アストという魔族が――」

エリスさんはあの日、ゼノンさんが私たちパーティーに戦闘を仕掛け、圧倒的な力を誇示しながら私に襲いかかってきた事実を二人に伝えた。

二人はショックを隠しきれない様子で黙り込んでいる。

「……そんな」

「……まさかゼノンが悪に染まるとは。性格は褒められたものではないが、あやつなりに英雄になろうと努力はしていたのだが」

「嘘だと思いたかったのですが本当です。ゼノンさんは魔族の力を得て暴走していました」

私もエリスさんの話が嘘ではないと裏付ける。

ゼノンさんは間違いなく魔族によって体を改造された。

そして、アストの魔法によって洗脳されているようだった。

「ったく、あのバカ勇者はなにやってんのよ。私たちがいなくなった途端に、魔族なんかに操られる体たらくなんて」

「うむ。だが、ゼノンの精神も限界まで追い込まれていたのだろう。某らにも責任がないとは言えぬ」

リルカさんの言葉を受けてアーノルドさんは沈痛な面持ちを浮かべながら呟いた。

彼の言うとおり、ゼノンさんの心は追い詰められ、その隙を突かれて魔族に付け入られたのかもしれない。

「はぁ、わかったわよ。ここの契約が切れたらあのバカを正気に戻すために探しに行きましょ」

「ほう。リルカ、お主がゼノンを助けたいと言うとは驚いたな」

「勘違いしないでよね。私はただ、自分の手でケリをつけたいだけなんだから。それに二度も仲間だった人のことで後悔したくないわ」

リルカさんはそっぽを向いて答える。しかし、彼女の頬がほんのりと赤く染まっているのは私の気のせいではないはずだ。

アーノルドさんも気づいたようで、フッと笑みをこぼしていた。

「ソアラ、エリス。あなたたちは余計なこと考えないであなたたちの冒険をなさい。……あなたたちのパーティーは強い。私たちよりもずっと」

「はい、ありがとうございます。お二人のお言葉を忘れずに精進します」

「ソアラ先輩なら大丈夫ですよ！　だって、ソアラ先輩は私の憧れの先輩なんですから」

エリスさんは満面の笑みで言う。

リルカさんの言うとおり彼女も含めて私はいい仲間に恵まれた。だからこそ、私はこれからももっと強くなっていこう。

「それじゃ、私たちはこのクズどもを憲兵に引き渡してくるから」

「ソアラよ、そういうことだ。ゼノンのことは某らに任せるがよい。必ずや元に戻してみせる」

「はい、よろしくお願いします」

二人はカジノで暴れた男たちを拘束して連行していった。

（お二人もきっと色々と思うところがあったのですね）

「さぁ、私たちも行きましょうか」

「はい！　エレインさんたちにも声をかけてきますわ！」

私たちはカジノで遊んでいる他の仲間たちに声をかける。

気づいたら戦いなどのストレスが吹き飛んでいた……。

「あー、久しぶりに羽を伸ばせたぜ」

「ふっ、お前はいつも存分に羽を伸ばしているだろ？」

「んだと、ローラ！」

「まぁまぁ～、お二人とも喧嘩はやめてくださ～い」

私たちはカジノから外へ出た。

空を見上げると、太陽は沈みかけており、辺りはオレンジ色に染まっていた。

(まさかここであの二人と再会するとは思いませんでしたね)

私はリルカさんとアーノルドさんのことを思い出す。

かつての戦友は以前とどこか雰囲気が違っていて、優しさを感じ取ることができた。

(きっと、ゼノンさんを助けてくれることでしょう)

それを考えるだけで心が軽くなっていく気がする。

「おーい、姐さん。実はあたし、ルーレットでバカ勝ちしちまいましてね。今夜は美味い飯でもみんなで食いに行きませんかい?」

「エレインさん……はい、喜んで!」

どうやら私たちがリルカさんたちと話している間にエレインさんは大勝ちしていたようで、換金してきた硬貨がたっぷり入った袋を高々と掲げている。

私もあんなふうに勝負強くなってみたいものだ。

「今日はとても楽しかったですね」

「ええ、私もとても楽しかったですわ」

「エレインの一人勝ちというのは納得できんがな」

「ローラ、お前が一番負けてたもんなー」

「でもでも～、ローラさんも楽しそうでしたし～。また皆で遊びたいですね～」

私たち五人は一日を振り返って、話に花を咲かせながら、宿を探して街を歩く。

（今日はすっごく楽しかったです。こんな時間がいつまでも続けばいいのですが……）

でも、残念ながら楽しいときというものは長く続かない。

なぜなら私たちはこの国へ戦うために来たのだから――。

◆

王都に着いて二日目の朝。

宿で食事を摂りながら私たちは今日の予定について話し合う。

「エデルジア大聖堂に集合する日までまだ一週間ほどあるが、どうする？」

「早く着きすぎましたよね～。アイテムの補充などしましょうか～？」

ローラさんの言葉に、ルミアさんがそう提案をする。

私もアイテムの買い足しをしたほうがいいと思っていたところなので賛成だ。

「ええ、買い物は必ずしましょう。ですがその前に情報を収集しておきませんか？　エデルジア騎士団が取り仕切っている魔王軍対策本部に行って、この辺りの魔物の動向などを調査すべきです」

「そうだな。私もその意見に賛成だ。この国に魔族が潜んでいる可能性もある。備えはしておくべきだ」

私の案にローラさんもうなずきながら賛同してくれる。

他の皆も異論はないようだ。

「エリス、エデルジアの騎士団といえば大陸最強だと聞いたことがあったけどよぉ。そんなに強いのか？」

「ええ、エレインさん。この国の騎士団は非常に優秀、国の精鋭中の精鋭が所属していますの。中でも騎士団長の息子であるアレックス・ローレンは最強の騎士としてその名を轟かせていますわ」

エデルジア騎士団の名前は冒険者であれば知らぬ者はおらず、その力は恐れられている。なんでも国最大のギルドをも凌駕する戦力を誇っているらしい。

「ほぇ～、すごいんですね～」

「はい、エリスさんの言うとおりすごいですよ。……魔王軍の侵攻を幾度も退け、国防の要を担っていますから」

それだけ強大な戦力を有するこの国が、さらに大陸中から戦力を集めている。

その事実だけで、これから起こる魔王軍との戦いがいかに厳しいものになるかが容易に想像できるだろう。

「あたしは騎士団とかお堅い連中はあまり好きじゃねぇけど、ソアラ姐さんが言うなら従いますよ。それに、そいつらの強さも見てみてぇしな」

「はい、ありがとうございます。それでは早速行きましょう」

私たちは朝食を済ませると、エデルジアの騎士団が駐屯（ちゅうとん）している場所へと向かうことにした。

「ここがエデルジアの騎士団の駐屯地ですか」

「ああ、そうだ。この奥にある建物の中に騎士団の詰所（つめしょ）がある」

エデルジアの王都を歩くこと数十分、ついに目的の場所に辿り着く。

そこは街の中央に位置している巨大な石造りの建物だった。

「なんかこう……すげぇな」

「はい、とても立派ですわ」

エレインさんとエリスさんは目の前の建物を感嘆しながら見上げている。

私もこの荘厳（そうごん）な雰囲気には圧倒されそうになった。

（これは建造物としても価値があるんでしょうね……）

「ふむ、確かに立派な建造物だ。これほどの規模のものはジルベルタ王国にはまずあるまい」

ローラさんも興味深そうに見つめていた。

建物の周囲には武装した兵士の姿が見える。

彼らは皆、屈強そうな体格をしており、中にはルミアさんのような獣人族(アニムス)もいた。

(この人たちが大陸最強の騎士団ですか。確かに獣人族は身体能力に優れてますから、騎士としての適性は高いですよね)

「ソアラ様～、騎士団長の方と会えるように話を通してきましたよ～。案内しますね～」

ルミアさんは話をつけてくれたようで、建物の入り口で私たちを手招きしていた。

さすがはギルドでマネージャーを務めてくれていた彼女である。こういった交渉ごとはお手のものなのだ。

「こちらの部屋でお待ちください」

私たちは応接室へと通される。

そこには大きなテーブルがあり、ふかふかとしたソファが置かれていた。

「おー、これ座り心地最高だぜ！」

エレインさんは遠慮なく座ると、楽しそうに笑みを浮かべている。

「エレインさん、もう少し行儀よくしたほうがいいと思いますよ？」

「す、すみません。姐さんに恥をかかせるわけにはいきませんよね……」

「いえ、私は気にしてませんから」

「あ、ありがとうございます」

彼女はしゅんとなって小さくなった。

（なんだか、こういうエレインさんも可愛いです）

彼女は普段は威勢がよくて言葉遣いも荒っぽいが、とても素直なのだ。

すると扉がノックされて、壮年の男性が入ってきた。

彼はエデルジア騎士団の正装と思われる鎧を身に着けており、腰に剣を佩いている。

「初めまして。私はエデルジア騎士団の団長を務めている、ガレウス・ローレンというものだ。よろしく頼む」

エデルジア騎士団の団長はそう言って右手を差し出してくれた。

立派な髭を蓄えており、穏やかな雰囲気の優しそうな人だ。

「ソアラ・イースフィルです。ジルベルタ王宮より大聖女の称号を承っております」

私たちも順番に自己紹介をして握手を交わす。

「ああ、君の噂は聞いているよ。会えて光栄だ。この度は我が国のためにご足労いただき感謝する」

「いえ、当然のことをしているまでです。魔王軍の脅威を取り除かねばなりませんから」

礼式にのっとった挨拶を終えると、私たちは再び席に着く。

さて、せっかく時間を作ってくれたのだから早速本題に移らせてもらおう。

「ガレウスさん。突然の訪問にもかかわらずお会いしてくださりありがとうございます。実はこの国の周辺で魔王軍が暗躍している可能性があるので、情報を共有しようと思いまして

「……」

「なに!? それは真か?」

ガレウスさんの顔色が変わる。

その鋭い眼光はそれだけで威圧感があり、この方の確かな実力を感じさせた。

「はい、この国とジルベルタ王国の国境付近の砂漠の町で、私たちはクリスという魔王軍の幹部と思しき女性と戦闘しました。彼女はあの剣帝リーベルさんのパーティーを壊滅させたほどの圧倒的な強さを持っていました」

「剣帝リーベルを打ち負かしただと!? リーベルの名は当然知っておる。息子の剣の師だったからな……。だが、それほどまでに強かったのか? にわかには信じ難いのだが」

「ええ、信じられないかもしれませんが本当のことです。あれほどの実力の者が辺境の街になんの意味もなくいたとは思えません。目的はエデルジアに集まっている戦力の偵察だったのかと。魔王軍はこの国の戦力を見定めるために動いているのではないのでしょうか」

「なるほど……そういうことだったか」

私の説明を聞き、団長は納得したようだ。

リーベルさんを打ち倒すほどの敵が現れたのは由々しき事態だと、険しい表情をしている。

「そのクリスとやら。赤い鎧を身に着けていなかったか?」

「はい、そのとおりです。何か知っているのですか?」

「うむ。その者は最近になって頭角を現してきた奴でな。我々騎士団でも警戒しているのだ。魔王の右腕などと言われており、各国の強者を葬っておる。まさか剣帝リーベルのみならず、大聖女の一行まで手にかけようとするとはな」

どうやらガレウスさんは心当たりがあるらしい。

彼の言葉の端々からは怒りが感じられた。

あのクリスさんが魔王の右腕。確かにまだ実力を隠しているような凄みが彼女からは感じられた。

「魔剣士と戦って無事だったのは多分君たちだけだと思う。本当によくぞ生きていてくれた」

「いえ、運がよかっただけですから」

「そう謙遜せずともよかろう。あの剣帝リーベルをも打倒した魔剣士はおそらく魔王軍のナンバー２。それを退けることができた君たちのパーティーは今後の戦いで大きな力となるはずだ。是非とも我が国のために尽力してほしい」

ガレウスさんは私たちに真剣な眼差しを向ける。

この人は騎士団のトップとして、魔王軍からこの大陸を守ろうとしているのだろう。

ならば、私もそれに応えなければならない。

「ガレウスさん、私たちは――」

「親父殿！　あの剣帝殿が殺られたというのは本当か？」

私が話そうとした瞬間、扉が開かれ、一人の青年騎士が飛び込んできた。

端整な顔立ちをしており、年齢は私と同じくらいの黒髪の彼は焦った表情をしている。

「アレックス、客人の前だぞ。もう少し礼儀というものをわきまえろ」

「むっ、これは失礼をした。俺はエデルジア騎士団副団長を務める、アレックス・ローレンだ。よろしく頼む」

アレックスさんはそう言うと、私たちに向かって頭を下げた。

ガレウスさんと同じく優しそうな印象だ。

「ソアラ・イースフィルです。アレックス・ローレンさん……ということはガレウスさんの？」

「ああ、我が息子だ。若いが腕だけは立つ男だからな。ゆくゆくは私の後を継いでもらうつもりだよ」

「へぇ～、お前、こっちの団長さんの息子か。なかなかいい面構えしてんじゃねえか」

エレインさんはニヤリと笑みを浮かべてアレックスさんを見る。

（いやいや、エレインさん。初対面の方に対してフランクすぎます）

「エレインさん、失礼ですわよ。この方はエデルジア王国で最強の騎士だと先程話したばかりではありませんの」

エリスさんの言うとおり、彼もまた国の垣根を越えて名を轟かす豪傑の一人だ。

ちょっとした動作も隙を感じさせない身のこなし。実力者独特のオーラもある。

「アレックスさ～ん、すみません～。エレインさんは少しバカなんです～」

「あ、ルミア。てめぇ、誰がバカだって？」

「お前以外に誰がいる。ソアラに恥をかかせるな。おとなしく座ってろ」

「ローラ、お前もここぞとばかりあたしを。……だが、ソアラ姐さんに怒られるのだけは勘弁だし、今はおとなしくしといてやる」

　ふぅ、すぐに賑やかになってしまうのは私たちのパーティーの欠点だ。

（賑やかなこと自体はいいですが、ＴＰＯはわきまえないとなりませんよね）

　でも、この雰囲気は好き。いつの間にか仲間たちと一緒にいるのがどんなことよりも楽しくなっていた……。

「ガレウスさん、アレックスさん、申し訳ありません」

「ん？　ああ、俺も親父殿も気にしてないぞ。しかし立ち聞きしてすまなかったが、リーベル殿の訃報はショックだった。幼いときに剣術の指導をしてもらってな。恩師だったたんだ」

「そうでしたか。私も彼とは少しだけ話をしました。とても気さくな方でしたね」

「ああ、あの方は本当に立派な剣士だった。そんなお人が死ぬなんて信じられない。実力も知っているから尚更な」

「………」

　アレックスさんの言葉に私は何も言えなかった。

戦場では〝剣帝〟と呼ばれるほどの者であろうとも死は免れない。

それは当たり前のことだ。だけど、それでも――。

故人の人となりを知っている者にとって、その事実はあまりにも受け入れ難く思ってしまうのは仕方のないことである。

「ところでアレックス、例のモノは護送できたのか？　陛下がお前の腕を見込んで任せたはずだが」

「ああ、問題なく運んできたさ。騎士団の練兵場に置いてある」

「例のモノ、ですか？　あ、いえ。機密事項でしたら聞きませんが気になりましたので……」

私は思わず口を挟んでしまう。

魔王軍が何かを仕掛けてくる可能性がある以上、情報は少しでも多い方がいい。

（ですが、さすがにこれは空気の読めない質問だったかもしれません。お二人とも怖い顔をなさっています）

「あまり口外されると困るのだが、まぁあなたたちは同志だ。気になるのなら、俺たちとともに練兵場に来るか？　そこで見せよう」

「ええ、是非お願いします」

「決まりだな。では、行こう」

意外にもその例のモノとやらを見せてもらえるらしい。

私たちはローレン親子のあとについていく形で部屋を出る。

そして、通路を歩きエデルジア騎士団の駐屯地の敷地内にある練兵場に案内された。

「これが魔王軍に対抗するための切り札だ」

アレックスさんが指差した先には巨大な岩が鎮座している。

「あの岩が切り札ですか？」

「はは、違う、違う。その奥だよ。あれこそ、我がエデルジア王国の軍事技術の結晶なのだ」

彼はそう言い、さらに視線を動かした。

その動きに合わせて私たちも目を動かしていく。

そして、視界に入ったのは岩陰に隠れるようにしてひっそりと佇む巨大な『砲台』だった。

「あれが我が国の誇る最先端の魔導兵器だ。名を『ネオ魔導砲セカンドＭａｒｋⅡツインダブルβ』と言う」

「ネオ魔導砲セカンドＭａｒｋⅡツインダブルβ……？」

「うむ。この正式名称は長いからな。我々は略してセカンドと呼んでいる。セカンドの最大の特長はその圧倒的な破壊力だ。計算では魔王軍の幹部ですら一撃で倒せる威力がある」

アレックスさんは誇らしそうに語る。

そのセカンドとやらの見た目は大砲そのもの。

しかし、やたら砲身が長くてゴツい。その上、気になったのは――。

「砲弾がありませんが……？」

そう、砲弾が近くに見当たらないのだ。

これではただ大きいだけの鉄の塊である。

(別の場所に置いているんですかね……)

「ふっ、当然の疑問だな。セカンドには砲弾は必要ない。魔術師が魔力を充填させるのさ。今、あの中には実に千人分の魔術師の魔力に相当するエネルギーが込められている」

要するに無属性の魔力弾のようなものを撃てるということだろうか。

確かにそれならば、強力な武器と言えるかもしれない。

「覚醒者のSランクスキルをも超える破壊力をエデルジア王国の軍事技術は実現させたのだ。アレックスの言うとおり、これは魔王軍との総力戦において我が軍の切り札となる。そして同時にエデルジア王国の威信を示すものでもある」

アレックスさんの言葉にガレウスさんも力強く同意している。

だからわざわざ最強の騎士であるアレックスさんが護送したのか。

この国の軍事力の要とも言えるものが敵の手に渡れば、一気に劣勢に立たされてしまう。

そのことを考えたら、まずはこの兵器を守ることを第一とするのは当然だ。

「それで、アレックスよ。試射の準備は整っておるのだろうな？」

「もちろんだとも、親父殿。そのためにここに来たんだ。ソアラ殿御一行にもご覧になってもらおうと思ってな」

「私たちが見てもいいんですか？」

「ああ、もちろんだとも。君たちは魔王軍の幹部を打ち破ったと聞いている。是非ともその経験を踏まえての感想を聞かせてほしい」

私が尋ねると、アレックスさんは笑みを浮かべて答えてくれた。

どうやら実際に幹部と戦った経験から、その威力が通用するのか意見を求めたいらしい。

「わかりました。責任を持って拝見させていただきます」

「ああ、お願いする」

私たちはそのまま、アレックスさんに連れられ、セカンドの側まで案内される。

そこには一人の男性が立っていた。

「彼が今回の試射を担当する魔術師だ」

「初めまして、ソアラ様。私は魔術研究所に所属する魔術師のミディアム・ウェルダンといいます」

「よろしくお願いします。ミディアムさん」

「はい、こちらこそ」

私は彼と握手を交わす。

年齢は二十代前半くらいだろう。

白衣に身を包んだ細身の男性で、研究者といった雰囲気を感じさせる人物だった。

「早速ですが、準備を始めましょうか」

「ああ、頼むぞ。ミディアム」

「万事お任せあれ。アレックス副団長殿」

こうして、いよいよセカンドの試射が始まる。

向こう側からでは見えなかったが、セカンドは大砲というより自走砲に近い形状なのか。

車輪がついており、砲弾を撃ち出すための引き金のようなものもある。

ミディアムさんは引き金に指を添えると、こちらを振り返った。

「それでは始めます」

「うむ、頼んだ」

「はい。それでは暗号詠唱を――魔力の根源を司る精霊たちよ、我が魔力に呼応し顕現せよ。その熱き息吹にて、眼前の敵を屠れ！」

どうやら、誰でも勝手に使えるという事態を避けるために詠唱をキーワード代わりにしてロックしてあるらしい。

(万が一奪われたときのことを考えるのは当然といえば、当然でしたね……)

詠唱を終えた瞬間、セカンドの砲身に白銀の光が集まっていく。

「おお、凄まじいな」

「ええ、これほどとは……」

アレックスさんとガレウスさんは感嘆の声を上げる。

私たちも言葉が出なかった。なぜなら、集まった魔力の量があまりにも膨大だったからだ。

これだけの魔力を一瞬にして凝縮してまうとは……。

いったいどれだけの威力を生み出すのか。

「行きます！」

ミディアムさんが叫ぶと同時に、セカンドの引き金を引く。

次の瞬間、膨大な量の魔力が解き放たれた。

それはまさに光の奔流と呼ぶに相応しい。

――その光の奔流が収まると、そこにあったはずの巨大な岩が跡形もなく消え去っていた。

「……素晴らしい威力ですね」

アレックスさんの仰るとおり、この威力は確かにSランクスキルに匹敵するかもしれない。

特別な人間しか使えない力。努力では到底到達できない領域だと思っていただけに驚いた。

「ふふ、ありがとうございます。ですが、あれでまだ最高出力の半分程度ですよ？」

「あれでですか？」

「はい。あの砲台に使われている魔石にはまだまだ余裕がありますからね。もっともっと強くなります。しかし出力を最大にすると、この周囲にも被害が及びますので」

「そういうことでしたか……。あの倍の威力となると心強いですね」

「はい、これからも期待していてください。きっと魔王軍との戦いにおいて役に立つはずですから」

自信満々に答えるミディアムさん。

まさか、Sランクスキルと同等以上だと思っていた威力が半分程度の出力だったとは。

彼の言うとおり、セカンドがあれば魔王軍に対抗する大きな力になるはずだ。

「と、まぁ我々も大国と呼ばれている威信にかけて努力はしているのだ。だが、私もアレックスもそして……陛下も魔王軍の得体の知れぬ力への警戒は緩めておらぬ。だからこそ一週間後の決起集会にどれほどの戦力が集結するのかが気がかりなのだ」

「……私たちの他にもこの国を目指しているパーティーは多数あるはずです。その中にはSランクスキルに覚醒している実力者もきっといますし、大丈夫ですよ」

私は安心してもらおうとして返事をしたがガレウスさんの表情は険しかった。

そう、私たち以外にもこの国を目指す者たちがいる。

それに加えて、大陸最強のエデルジア騎士団に、このセカンドという兵器。

(それで十分だとはとても言いきれませんが、それでも先日戦った幹部クラスの強さを持つ魔族が複数名現れたとしても対処できるでしょう)

私は密かに胸の中で呟くと、仲間たちの方を見る。

みんなはすぐに私の視線に気づいたみたいだ。

「腕の見せどころ、だな。ソアラ」

「ローラさん……」

「あのクリスという女には不覚を取ったが、次はダルメシアン一刀流の恐ろしさを見せてやる」

あのときの戦いは同じ剣士として、彼女にとっては屈辱的な負け方だったに違いない。

でも、その瞳は次こそはとリベンジを誓うように闘志を燃やしていた。

「わたくしも、もう油断はしませんわ。ソアラ先輩と同じ聖女として恥ずかしくないように頑張ります」

「エリスさんも……」

「エレインさんは～、言わなくていいんですか～？」

「へっ、あたしはずっと姐さんの右腕として働いてきたんだぜ？　今更、改めて言うことなんてねぇよ」

ローラさんだけじゃない。

エリスさんとルミアさん、そしてエレインさんも大きな戦いを予感してもなお、気後れすることなくまっすぐな目をしていた。

「ガレウスさん、アレックスさん。これから始まる魔王軍との戦い。私たちも微力を尽くします」

「うむ、頼りにしているぞ。大聖女ソアラ殿御一行よ」

「はい、任せてください！」

こうして私たちは新たなる決意とともに決戦の時を待つ。

そして、情報収集とアイテムの補充や特訓などをしているうちに一週間はあっという間に過ぎてしまって……私たちはエデルジア大聖堂の前に集まった。

◆

「これはこれは、大聖女ソアラ様御一行ですな？　よくぞ来てくださった」

「いえ、世界中の危機ですから。召集に応じるのは当然のことです」

エデルジア大聖堂前。

今日はついにこの大聖堂で魔王討伐の決起集会が行われることになっている。

ゆえに会場である大聖堂前にはエデルジア騎士団の面々だけでなく、有力な冒険者や騎士たちが続々と集まっていた。

「おお、ソアラ殿！　待っておったぞ」

「ガレウスさん、一週間ぶりです」

「うむ。あれから色々と調べたが……クリスという女の情報はなにもわからなかった。せっかく情報を提供してもらったのにすまんな」

「いえ、私も憶測でものを申しただけですから」

ガレウスさんは申し訳なさそうな顔をされたので、私は慌ててフォローする。

クリスさんのあの場にいた目的が、こちらの戦力を削（そ）ぐことを兼ねた偵察任務だというのは、あくまでも私の想像でしかなく、確証はなかった。

（ですが、まだ警戒はしておいたほうがいいですね）

「陛下からのご挨拶もあるゆえ、聖堂の中でしばらく待っていてくれ。召集を願ったパーティーはほとんど応じてくれて助かった。これで世界が救われるかもしれんのだからな」

「わかりました。では、失礼させていただきます」

「ああ、ではまたあとでな」

ガレウスさんに促されて、私たちは聖堂内へと入っていく。

そこには各国のパーティーメンバーが集まっており、その中にはＳランクスキル覚醒者のパーティーもいた。

「あれは確か……〝炎帝〟グレンさんですね」

「ほう、知っているのか？　ソアラ」

「ええ、前に少しお見かけしたことがありまして。なんでもＳランクスキル『煉獄魔法（ヘルズフレイム）』を使えるとか。ゼノンさんが自らのパーティーに勧誘しようと思ったらしいんですが、実際会ってみて赤色の髪が被るからとやめたんですよ」

「なんだその、間の抜けたエピソードは」

ローラさんは私の話を聞くと、呆れたような表情を見せる。

あの真っ赤に燃えるような長髪は確かに目立つし、被ってしまうかもしれない。

それ以前に、彼はゼノンさん以上に傍若無人な性格だという噂もあったから、相性が悪そうでもあった。

(気に入らない仲間を何人も追放しているらしいですね)

「ちっ、ワシらを集めるならもっと広い場所を用意してもええんじゃないかのう。かったるくて敵わんけぇ、はよう帰りたいんじゃがなぁ」

グレンさんは聖堂にある女神像に寄りかかりながら悪態をついていた。

その態度はお世辞にもお行儀がよいとは言えなかったが、仲間たちはどこか遠慮がちに愛想笑いを浮かべるだけで誰一人として彼に注意をしない。

「ソアラ先輩、あの方、マザーマーサ様の像になんたる無礼を働いておりますの？　わたくし、許せませんわ」

「エリスさん……」

(彼女の言うとおり、さすがに聖女として注意すべきですね)

私もさすがに看過できないと動こうとしたが、そんな彼に近寄る人影があった。

「暑苦しい髪の毛をしているわねぇ、あなた。マザーマーサは妾(わらわ)たちエルフ族にとっても恩人なのよぉ。若さゆえの無知に免じて五秒だけ時間をあげるわぁ。今すぐそこをどきなさぁい」

「ああん？　誰だ、お前？　見たところエルフ族か？」

「ふふ、聞いて驚きなさぁい。妾はフィーナ。〝千年魔女〟フィーナとは妾のことよぉ」

せ、千年魔女フィーナ様？　あの魔王軍の幹部討伐数がナンバー2(ツー)の？

私は突然現れた女性をまじまじと見つめてしまう。

年の頃はどう見ても私と変わらないくらいで、ボブヘアスタイルの青髪にエレインさん以上にスタイルのいい体つき。

その顔立ちはどこか幼さが残ってはいるが凜(りん)とした美しさを持っていた。

そして、なぜか露出度の高いドレスを着ている……。

「へぇ、あんたがあの有名なフィーナさんか。思ったよりもべっぴんさんじゃのう。ワシも最近溜まっとるけぇ、相手してくれや」

フィーナ様の忠告を聞くどころか、グレンさんは下卑(げび)た笑みを向けて彼女に迫る。

「うふふふ、若い子は無謀という言葉を知らないのねぇ。どういうわけか妾を口説く身の程知らずは、みんな這(は)いつくばって干乾びちゃうのよぉ。奴隷なら考えてあげるわよぉ」

「んだと！　われぇ、このワシを――。――っ!?　な、なんじゃあ、この魔力!?」

彼女の言葉に激怒したグレンさんだが、急に怯(おび)えるように体を震わせて尻もちをつく。

まるでなにか恐ろしいものに睨(にら)まれたような表情をして、腰が抜けてしまったのか立ち上がることもできないみたいだ。

グレンさんだけじゃない。

周りの人たちも同じようで、皆一様に恐怖の表情を浮かべていた。

魔法を使えず魔力を探知できない人にも異様な雰囲気は伝わっているようで、目を見開いて彼女を見ている。

(この針で刺すような攻撃的な魔力は初めてです。あんなものを至近距離で浴びたら……)

Sランクスキルの覚醒者であるグレンさんはあのような性格だが、冒険者としては間違いなく一流だ。

それが恐怖におののき、あんなに取り乱すとは……。

「な、なんという力だ。これはいったい……」

「変わらねぇな。あのババア。若造がちょっとイキがっただけでこれだからな」

「エレインさ〜ん、フィーナ様のことをご存じなんですか〜?」

ルミアさんはまるで知り合いのような口ぶりで話すエレインさんに質問をする。

そういえば先日、フィーナ様の話題が出たとき少し不自然な態度だったような気がした。

(エレインさんはハーフエルフですし、エルフ族であるフィーナ様となにか因縁(いんねん)があるのでしょうか?)

「……えっと、それはだなぁ。あの人はちょっとした知り合いで――」

「おやまぁ、妾のかわいい孫がいるじゃなぁい。エレインちゃん、お久しぶり」

「「「――っ!?」」」

今、孫と言ったような……。

私たちは同時にエレインさんのほうに視線を向ける。

いつの間に私たちの背後に？　転移魔法を使ったのだろうが、予備動作が一切なく術式の発動があまりにも早い。

「お、お久しぶりです。ババア、じゃなかった……お、お祖母様」

「うふふふ、元気そうでなによりねぇ」

あのエレインさんが緊張しながら挨拶している？

（まさか、本当に？　エレインさんって、あの千年魔女フィーナ様のお孫さんだったんですか？）

私は改めて目の前の女性を見た。

やはり見た目は私たちと同じくらいにしか見えない。

エルフ族は長寿だと聞いていたが、それを差し引いても若すぎるように思える。

「ふふふ、前に会ったときは天才の自分に見合うパーティーがないと言ってたけどぉ、仲間を見つけたようねぇ。よかったわぁ」

「い、いえ、あの……」

「ん？　違うのか？」

「そ、その、違いませんけど」

「なら、胸を張りなさぁい。妾の孫ならもっと堂々としていればいいのよぉ。まぁ、妾みたいにぃ、美しく気品溢れる淑女にはまだまだ及ばないけどぉ。うふふふ」

「………」

　エレインさんは顔を真っ赤にして俯いていた。

（彼女がこんなふうに借りてきた猫のようになるなんて初めて見ました。やっぱり、あの方はすごいんですね）

　フィーナ様は〝千年魔女〟と呼ばれており、間違いなくこの大陸で最強の魔術師だろう。魔王軍の幹部を相手に幾度も勝利を重ねてきたその実力は本物だ。

　グレンさんは無知と傲慢ゆえに勝てぬ相手に喧嘩を売ったりして、危ないところだった。

「で、あなたが、エレインちゃんが下についてもいいと認めた冒険者？　確か名前は……」

「ソアラといいます。よろしくお願いしますね、フィーナ様」

　私はにこやかな笑みを意識ながら、丁寧に頭を下げる。

　この方を相手に礼を失してはならないからだ。

　そんな私を見たフィーナ様は、目を細めて品定めするような視線を向けてくる。

「へぇ、あなた……神託を受けた聖女にもかかわらず才能ないわねぇ！　Sランクスキルにも覚醒していないしぃ、あっちの桃色髪のお嬢ちゃんのほうがまだマシって感じかしらぁ？」

「――っ！」

私はフィーナ様に核心を衝(つ)く一言を浴びせられ、心臓が大きく跳ね上がるのを感じた。

すべてを見抜くようなその不思議な輝きがする空色の瞳に射貫(いぬ)かれると、まるで金縛りにあったように動けなくなる。

「ば、馬鹿なことを言うんじゃねえよ、ババア！　姐さんはすげぇんだぞ！　あたしは姐さんの隣で戦えることを誇りに思ってる！」

「エレインさん……」

エレインさんは私のことを庇(かば)おうとしてくれた。

会ってすぐ、私が取り立てて才能もない劣等聖女だと看破(かんぱ)するとは……。

その上でおそらくエリスさんが覚醒者であることも見抜いている。

「ふふふ、エレインちゃんは随分とこのお嬢ちゃんに心酔しておるようねぇ。ソアラちゃん、安心なさぁい！　あなたには才能以外の部分で見込みがあるわぁ。それが大きな土台となって今もなおあなたを大成させようとしている最中なのよぉ」

「えっ？」

「どういう意味だよ、ババア？」

私もエレインさんも首を傾げてしまう。

才能以外の部分というのは、なにを指しているのだろうか……。

「うふふ、いずれわかるときが来るわぁ。じゃから今は精進することねぇ。エレインちゃん、あなたものねぇ」

「はい、ありがとうございます」

「ば、ババア、じゃなくてお祖母様。すみません。あたし、姐さんのこと悪く言われたと思ったら、カッとなっちゃって……」

エレインさんはバツが悪そうに謝っていた。

どうやら彼女もフィーナ様を前にすると、ただの孫になるらしい。

「なぁに構わないわぁ。むしろ、それでこそ妾の孫だものぉ。エレインちゃんの成長を見れて嬉しく思うわぁ」

「お、お祖母様……」

瞳には薄らと涙が浮かんでいるエレインさん。

こんなにも優しいお祖母様なのに、なんであのとき変な態度をとっていたのだろう。

「でもぉ妾をババア呼ばわりしたのは別問題よぉ？　お・し・お・き」

「へっ？　うわあああああ！」

フィーナ様が人差し指でエレインさんのおでこを弾く。

すると彼女は一瞬で大聖堂の外まで吹き飛ばされて見えなくなった。

「えええええ!?　え、エレインさん!?」

「うふふふ、口の利きかたのなってない孫への躾よぉ。気にしなくてもいいわぁ」

「いやいや、気にしないなんて無理ですよ!?」

私は慌ててエレインさんの後を追った。

かなりの速度で吹き飛ばされていったが、無事だろうか……。


「エレインさん」

「……んん?」

「大丈夫ですか?」

地面に横になっているエレインさんに声をかける。

彼女はすぐに目を覚ましたが、頭が痛いのか擦っていた。

「姐さん、すみません。いつものことなんで平気です」

「いつものことなんですか?」

エレインさんは苦笑いを浮かべる。

彼女を吹き飛ばしたときの動作が、あまりにも優しげで殺気がなさすぎたため、反応できなかったのだ。

（これが千年魔女の実力……）

やはり凄まじいとしか言いようがない。

「あのババアにとっては撫でてるようなモンなんですよ。姐さんもあの人のヤバさわかったでしょう？　確かに実力は最強って言ってもいいくらいの化け物ですが、関わったら命がいくつあっても足りないようなとんでもない奴なんです」

「はい、わかります」

あの魔力の針のような攻撃的な気配を思い出して身震いしてしまう。

あんなに恐ろしさを感じた人は敵味方を合わせても見たことがない。

「でも、不思議と嫌な感じはしなかったですね」

「はあっ!?　あたしがあんな恐ろしい目に遭（あ）ったのにですか!?」

「はい」

「マジっすか……」

エレインさんは信じられないという表情をしていた。

「フィーナ様はとても優しい方だと思います。エレインさんのことを想って叱（しか）ってくれたのですよね？」

「いやいや、普通、こんなにどつかないでしょう？　下手したら死んでますよ？」

「そ、それはそうですけど……とりあえず怪我を治しましょう。治癒術（ヒール）」

私は彼女を魔法で治療する。

幸運なことにかなり傷は軽くて一分もかからずに傷跡は消え去ってくれた。

よし。これで痛みは消えたはずだ。

「エレイン、大丈夫か?」

「フィーナ様ってとんでもない方ですわね」

「エルフ族に伝わる秘伝の薬草を手渡されました〜」

私たちのあとを追ってローラさんたちが駆け寄ってきた。

「みんな、心配かけてすまねぇな。姐さんのおかげでもう大丈夫だから」

「そうか。そろそろ決起集会が始まるとのことだ。聖堂の中へ戻るぞ」

「ええ、そうしましょう」

ローラさんに促されて、私たちは揃って大聖堂へと戻る。

まさか、始まる前にこんな騒ぎに巻き込まれるとは。

(それにしてもやはり千年魔女フィーナ様はすごい人でしたね)

◆

「諸君! 我々はこれより魔王軍との決戦に臨む! 我輩、エデルジア国王アルテマッカ・エデルジアの名をもってして諸君を集めたのは、今こそ大陸中の戦力を集結させて大攻勢をかける好機であると考えたからである！」

壇上で演説しているのはこの国の国王陛下だ。

陛下は元々武人としても名を馳せただけあって、筋骨隆々の大男であり、とても迫力がある。

「既に魔王軍はいくつかの拠点に魔物どもを集め、我が国に侵攻しようと企んでいる！　だが、吾が輩は恐るるに足らぬと思うておる！　我が王国の誇る騎士団と諸君らが必ずや勝利してくれると確信しているからだ！　諸君の健闘を祈る！　では、出陣せよ!!」

「おおっー!!!」

会場に集まった騎士たちや冒険者たちが一斉に声を上げた。

陛下の演説によって士気は十分に高まったようだ。

「それでは、あとは騎士団長であるガレウスに任せる」

「承知しました」

陛下の呼びかけに応じて、ガレウスさんが前に出る。

彼は陛下より、集結した各国の冒険者たちとエデルジア騎士団から成る連合軍の総隊長に任命された。

「まずは四つの軍に分かれて、四つの拠点を攻めることとする。そのうちの一つの軍『青龍隊』のリーダーは我が息子アレックスが務める。残りの三つは諸君らの実績を考慮して勝手ながら私が決めさせてもらった。まずは〝千年魔女〟フィーナ殿が率いる『黒狼隊』、続いて〝聖騎士〟ベンジャミン殿率いる『白熊隊』、そして最後は――」

　こうして各軍の編成が発表されていった。

　フィーナ様に続いて、あの聖騎士ベンジャミン様がリーダーに選出されたか。

　彼はこの大陸の北に位置するラマルク王国の英雄として人望もある実力者だ。

（アレックスさんを含めて、誰しもが超一流の武人が指揮を執ります。確かにこれなら魔王軍に大きなダメージを与えられるかもしれません）

　私たちはアレックスさんが指揮する青龍隊の予備戦力として組み込まれることになった。

「ったく、なんで姐さんがリーダーじゃねぇんだよ！　ガレウスのおっさんの奴、ソアラ姐さんの実力がわかんねぇんじゃないのか？　ぶっ飛ばしてきてやろうか？」

「まあまあ落ち着いてください、エレインさん」

　私は憤る彼女を宥める。

　まさか私がリーダーに選出されないことに怒りだすとは思わなかった。

「我々には実績が少ないのだから納得するしかなかろう。なんせまだパーティーとして達成した任務は二つだけなのだからな」

「ええ、ローラさんの言うとおりです。私たちはまだパーティーを組んで日が浅い。ですから、軍を指揮するなどとてもじゃありませんが手に余りますよ」

私もローラさんの言葉に同意する。

今までこのパーティーでこなした仕事は「リディアーヌ殿下の護衛」と、結果的に「攻略」となってしまったが「氷の魔城の偵察」のみ。

実績としてもキャリアとしても、まだまだ足りない。

それに私はまだ、五人のパーティーを仕切るのすらおぼつかない。

もしも間違って軍を指揮しろなどと言われたら困ってしまっただろう。

「残念だわぁ。エレインちゃんたちが妾の指揮下に入れば、楽しめたというのにぃ」

「う、うわあっ！　ば、ババ、いやお祖母様！　驚かせないでくださいよ！」

エレインさんは驚いて飛び退く。

今のもまったくと言っていいほど気配を感じることができなかった。

動揺を顔に出さないのがやっとである……。

「うふふふ、気配を消していきなり背後に回り込んで声をかけたくらいでぇ、なにを驚くことがあるのよぉ？　これくらいでいちいち反応するようだとぉ、まだまだ修行が足らないわぁ」

「いや、普通は驚くだろ……」

理不尽極まりないフィーナ様の言葉を聞いて、ローラさんが思わずツッコミを入れた。

「まぁ、妾がいる限り黒狼隊が負けることはあり得ないわぁ。……ソアラちゃん、妾がいたら孫を守ることもできたが、それは叶わないのよぉ。だからぁ、くれぐれもエレインちゃんをお願いねぇ」

「ええ、もちろんです。フィーナ様」

私は彼女の言葉に強く返事をした。

「ですが、彼女は頼りになる方ですから。逆に守ってもらっているのが現状ですけどね」

「へぇ、エレインちゃんが強いというのぉ？」

「はいっ！　彼女の魔法の腕前は素晴らしいですよ！」

「そ、ソアラ姐さん……」

エレインさんは照れくさそうに頬を染めていた。

彼女は優れた魔術師であるとともに、パーティーを鼓舞して士気を高揚させてくれている。

「ふふふ、さすがは孫が慕ってくれておるだけはあるわぁ。……他にも有望そうな仲間も揃ってるしい、妾たちのパーティーも負けてはいられないわねぇ」

私たちに声をかけながらフィーナ様は後ろを振り返る。

すると彼女の後ろには三人の老人たちが控えていた。

彼らはおそらく……いや間違いなくフィーナ様の仲間の三賢人と呼ばれている方々だ。

「ああ、紹介するわぁ。このお兄さんたちは妾のパーティーで妾を守護する賢者よぉ。ジェイド、ケイオス、エルストラというのぉ。妾たちは現役最古参パーティーなどと揶揄されているけどぉ、そろそろ引退したくてねぇ。ソアラちゃんたちみたいな新しい世代には期待しているわぁ。では、また生きて会いましょう」

「えっ？　フィーナ様？」

その瞬間、このフロアーにいた黒狼隊の人たちが姿を消した。

まるで神隠しにあったかのように跡形もなく消え去ったのだ。

転移魔術でも使ったのだろうか？

少なくとも騎士団の方を含めて黒狼隊は百人近くいたはずなのに一瞬で全員をどこかへ連れていくとは……。

「噂どおり凄まじいな、千年魔女殿は」

「はい、そうですね」

「ババア……今に見てろ。あたしだっていつかはババアを超えてやるんだから」

「エレインさ～ん、燃えていますね～。きっと頑張れば大丈夫ですよ～」

「あれって、頑張ったらどうにかなるレベルですの？」

圧倒的な実力を見せつけて、フィーナ様は去っていった。

あの絶大な魔力を間近で見られたのはいい経験になったと思う。

（やっぱり、魔王とはさらに強大な力を持っているのでしょうか）

もしかしたら、魔王と対峙（たいじ）することがあるかもしれない。

そのときがきたら、私たちは生き残ることができるのだろうか――。

◆

「まずは誤解のないように伝えておきたいが、親父殿はソアラ殿をリーダーに選ぼうとなさっていた。だが、それではあまりにも他国の者に依存しすぎると宰相やらが口出しをしてな。結局この隊は俺が仕切ることになった」

出陣前にアレックスさんが私のもとへやってくる。

時間は正午を少し過ぎた頃、我々青龍隊はエデルジア王都の中央付近に位置する騎士団の駐屯地に集められた。

私たちには予備兵力であるとともに、特別な任務が課されると言われたからだ。

「構いませんよ。むしろ、私なんかが軍を指揮するのは無理ですから」

「ははは、謙遜するな。俺はあんたに実力があるのは知っている。あの剣帝を倒した奴を撤退まで追い込んだんだ。多分俺よりも強い」

彼は爽やかな笑みを浮かべる。

アレックスさんのような人がリーダーなら、みんなも安心して戦えるだろう。

「それで私たちのパーティーにだけ特別な任務があると聞きましたが？」

「ああ、そうだ。今回、俺たちは四つの軍に分かれて拠点を攻めるわけだけど、俺たちの隊は他の三つの部隊より多くの戦果を期待されている。攻め込む場所が二拠点もあるんだ」

「えっ？　そうなんですか？」

その話は初耳だ。

よく考えたら敵の戦力も均等ではないのだから、より多くの敵と戦わなくてはならない隊があるのも当然だろう。

しかし、そういう役割はフィーナ様の黒龍隊に期待されているものだと思うのだが……。

「ああ、一応理由はある。……まず君たちが予備兵力として控えていること。そして前に見てもらった『ネオ魔導砲セカンドＭａｒｋⅡ ツインダブルβ（ベータ）』を我が隊が初めて実戦で使用することになるからだ」

「『ネオ魔導砲セカンドＭａｒｋⅡ ツインダブルβ（ベータ）』……確か略してセカンドでしたっけ？　以前見たときは半分程度の威力でもＳランクスキルと同等以上の力で驚きました」

「ああ、そのとおりだ。ただ、正直なところ、この兵器は扱いが難しい。下手をすれば味方を巻き込んでしまうし、敵の手に渡ってしまえばそれこそ最悪だ。ということで君たちにはセカンドの運搬の護衛任務にもついてもらう」

なるほど、セカンドは切り札になり得る兵器であるのと同時に弱点にもなりうる諸刃（もろは）の剣（つるぎ）ということか。

だから護衛が必要なのだろう。

た。


「はい、わかりました」

私は了承すると、早速準備に取りかかる。

まずはアレックスさんに連れられて、再び騎士団の練兵場にあるセカンドの格納庫へと赴いた。


「ソアラ様〜、やっぱりすっごく大きいです〜」

「ええ、本当に。こんな巨大なものを運ぶのは難儀でしょうね」

セカンドを間近で見て、私たちは改めて息を呑む。

確かにこのサイズだと、輸送する際にも注意が必要になるだろう。

「ソアラよ、こいつを守りながら戦うのは骨が折れるぞ。どうするつもりなんだ？」

「う〜ん、そうですね。とりあえず私とエレインさんとエリスさんで、なるべく遠距離攻撃に徹して近づかせないようにします」

状況によって柔軟に動かなくてはならないが、まずは敵を寄せつけないことが先決。

接近を許してしまった敵に関しては、ローラさんとルミアさんにお任せしたい。

「うん、いいんじゃねえの？　あたしも賛成だぜ。ローラ、お前の出る幕はなさそうだな」

「お前がしっかりしていれば、な。まあ、私の出番がないに越したことはないが」

「はっ、言ってろ。久しぶりに本気で暴れてやるぜ」

二人は軽口を叩いて笑い合う。

きっとお互いの信頼関係が築けているからこそできるやりとりだと思う。

(喧嘩になるかもと思いましたけど、今の二人は戦いを前にしていい精神状態を保てているみたいです)

ローラさんとエレインさんだけじゃない。

ルミアさんも、エリスさんもとてもいい表情をしている。

「では、作戦開始時刻は正午です。それまでに各自持ち場についてください」

私たちは騎士の皆さんとともに隊列を組んで、それぞれの戦場へと向かう。

「さぁ、皆さん。行きましょう！」

「おうよ！　やってやろうじゃねぇか」

「はい、頑張ります～」

「ふぅ……緊張してきましたわ。でも、やるしかありませんの」

「ああ、私たちしかやれないことだからな」

こうして、私たちは大きな戦いへと身を投じることになった――。

第三章 ◆ 「荒野の死闘です」

Banno Skill no Retto Seijo

車輪のついているセカンドを、騎士団の方たちが押していく。

私たちはそのすぐ側を歩いてついていった。

「しかし、セカンドはいつ使うんだろうか？」

「きっと氷の女王のような幹部クラスと戦うときだと思いますわ。わたくしの栄光への道以上の威力ですし、何度も撃てるはずはありませんので」

ローラさんの疑問に対して、エリスさんが答える。

セカンドを使うのはきっと強敵が相手のときに違いないのは私も同意見だが、それだけの相手に味方の犠牲なしで当てるのは至難の業だろう。

(うーん、簡単にはうまくいかないかもしれませんね)

「しかし暇で仕方がねぇな。まったく敵が襲ってくる気配がないじゃねーか」

「仕方ないですよ〜、私たちは予備戦力なんですから〜。エレインさんは予備って意味ご存じですか〜？」

「バカにすんな。知ってるに決まってる。だから、あたしたちを前線に出さずに予備に据え置いてるのが不満っつってんだよ」

エレインさんはやはり予備戦力という扱いが気に入らないようだ。

だから最初からこの決定には不服そうな顔をしていた。

「大丈夫ですよ、きっと私たちには私たちにしかできない役割があります」

「姐さんが納得してるならいいですけど。やっぱり暇なんですよ」

「暇ということは先行している部隊が善戦しているということですわ。そうですわよね？　ソアラ先輩」

「ええ、そのとおりだと思います。アレックスさんをはじめとする騎士団の方々はもちろん。集められた冒険者たちもみんな腕の立つ方ばかりですから」

そう。今回召集されたのは各国で実績を残した猛者ばかり。

そんな彼らが苦戦するとは思えない。

むしろ、私たちの出番がないことを願うばかりだ。

こちらに出番が回ってくるということは、つまり戦況が思わしくないということなのだから。

「おっ、見えてきたぜ。あれが敵の拠点だな」

先頭を行くエレインさんが、岩陰から双眼鏡で覗きながら口にする。

私も双眼鏡を使って見ると、彼女の視線の先には砦のようなものが建っていた。

「あれが敵の……」

「そうみたいです～。騎士団長さんからもらった地図によると～。あの砦は半年ほど前に突如として現れた移動要塞のようです～。あそこにいる魔族たちのせいで、周辺の村が襲われたり、街が占拠されたりしています～」

「ええ、そのようですね。私たちはここで待機して、アレックスさんの指示を待ちます」

「は～い、わかりました～」

ルミアさんの言うとおり移動要塞と呼ばれているあの砦には魔族が潜んでいる。

幹部クラスやそれに準ずる実力者が集まっており、最近はさらに勢力を強めているらしい。

「しかし不思議ですわ。余剰戦力を残す意味ってありますの？　総力戦と謳っておいて、今さらエレインさんのようなことを申しますが、わたくしも不思議に思いますわ」

「うむ。実は私もそれは感じ始めている。魔王軍の幹部クラスが相手ならば、私たちも前線に出て戦うべきだと」

ローラさんもエリスさんの意見に同意する。

彼女たちの疑問ももっともだ。

せっかく集めた戦力を分散させてしまうのは通常なら得策ではないと思う。

「ですが、これはきっとアレックスさんなりの考えがあってのことなのでしょう。例えばこちらの勝利が目前のように見えても、疲労困憊の状況で砦の出口で敵の軍勢に待ち伏せされたらひとたまりもありませんし」

「なるほど、確かにそうだな」

「ふふっ、さすがはソアラ先輩ですわね」

二人とも私の説明を聞いて納得してくれたようだ。

これはただの冒険とは違う。相手も軍勢を率いて戦いに臨んでいるのだ。

どんな戦略を用いてくるかわからない。

「では、あたしたちは砦を封鎖しようとする敵を警戒すればいいんですね。姐さん」

「ええ、もちろん他にも何かあるとは思いますが、今はとにかく待つしかないですね」

私たちはアレックスさんからの連絡を待つ。

するとーー。

「おいっ！　なんだありゃ!?」

突然、エレインさんが上空を見上げて声をあげた。

彼女が指差す方向を見ると、そこに黒い渦のようなものが現れる。

「おやおやおや～、エデルジアの新型兵器の破壊と、砦を狙う愚か者たちを挟撃により殲滅せよという任務を受けてきましたが、まさか大事な新兵器の護衛がたったのこれっぽっちとは。

我々も舐められたものですねぇ」

禍々しい雰囲気を纏った青年が宙に浮いてこちらを眺めていた。

この独特の魔力の波動と雰囲気はまさしく魔族のもの。魔王軍がさっそくセカンドを狙ってきたようだ……。

「お前は誰だ！」

「ああ、失礼しました。名乗るほどのものではありませんよ。ですが、そんなに聞きたいのなら名乗りますけどね。死人使い（ネクロマンサー）のスレイフニルと申します」

スレイフニルと名乗った男は恭（うやうや）しく頭を下げる。

死人使いとは確か死体を操ることができる禁術の使い手だったはず。

おそらく彼が例の移動要塞にいる幹部の一人なのだろう。

「いやぁ、戦場というのはいいですね。死人使いにとって死体がゴロゴロ転がっている最高の場所ですよ。特にあなたのような美しい女性の死体は私のコレクションに加えたくなってしまいますねぇ」

「――っ!?」

スレイフニルの言葉に、私の背筋が凍る。

まるで獲物を見つけた肉食獣のような目つきで彼は私たちのことを見ていたからだ。

（なんて下劣な人なんでしょうか……）

彼の言葉に嫌悪感を覚える。

「くく、なるべく損傷がないように殺してさしあげますよ。そして、こんなふうに肉人形にして、壊れるまで使ってあげましょう」

　パチンと彼が指を鳴らすと土の中から騎士や魔物の死体が這（は）い出てきた。

「なんだよ、こいつらは？」

「彼が操っている死人（しびと）たちでしょう。気をつけてください、彼らは痛みを感じません」

「はははははは、痛みを知らぬだけではありませんよ。こいつら、死も恐れずに戦い続けるバカな兵隊なんです。あなたたちもすぐに仲間にして差し上げますからね」

　スレイフニルは再びパチンと指を鳴らすと、今度は死人たちが一斉に襲いかかってくる。

「「うおおおおおん！」」

「大聖女様の手を煩（わずら）わせるな！」

　騎士団の方々が見事な剣技で死人たちを切り伏せる。

やはり歴戦の兵（つわもの）。その剣捌（さば）きは熟練の冒険者のそれと比べてもなんら遜色（そんしょく）はない。

「「うおおおおおん！」」

「「――っ!?」」

　しかし、斬られたはずの死人たちはなおも動きを止めず、セカンドを破壊しようと暴れている。

　痛みを知らず、死を恐れぬ操り人形という彼のセリフは本当のようだ。

「ちっ、仕方ねえ。あたしらもやるぞ」

エレインさんが胸の谷間から御札(おふだ)を取り出す。

「ええ、そうですわね」

「ああ、無論だ」

そして彼女に続き、ローラさんとエリスさんが戦闘の準備を始める。

彼女たちはそれぞれの武器を手に取り構えた。

「いきますよ～、みなさん～」

ルミアさんの掛け声とともに私たちは敵の死人を迎え撃つことになる。

「『炎球(ファイアボール)』、『雷槍(ライトニングランス)』、『氷柱の矢(アイスアロー)』……!!」

私も魔法陣を三つ展開させつつ、マジカルトンファーを構えて突撃する。

魔法で中距離、遠距離の敵の動きを封じ、マジカルトンファーに氷系魔法の力を付与して至近距離の敵を殴って凍らしていく。

「姐さんに続くんだ！　氷竜召喚(アイスドラゴン)」

エレインさんも、痛みを感じない死人たちの動きを一斉に封じようと、御札から巨大な氷の龍を呼び出す。

「おやおや、これはすごい。ですがまだまだいきますよ。出なさい、我が傀儡(くぐつ)ども！」

スレイフニルは余裕の笑みを浮かべながら両手を掲(かか)げる。

するとと地面から次々と新たな死人が現れた。

「この程度の敵、いくら来ようとも無駄だ！　ダルメシアン一刀流奥義――閃光連斬(せんこうれんざん)・二式」

「死人相手ならわたくしの光属性の魔法が一番ですわね。聖なる十字架(ホーリークロス)」

ローラさんは剣で敵を斬り伏せ、エリスさんは聖女のみが使える光の十字で敵を浄化させる。

「死人術は術者が意識を失えば解除されます。ならば、あなたを倒すのが最も効率的でしょう。――二閃！」

私はマジカルトンファーから剣に武器を持ち変えて、スレイフニルの急所を狙う。

術者である彼さえ倒せば死人たちは消えるはずだ。

「いい判断です。大前提としてあなたの実力が我々魔族のエリートに匹敵するものでしたら、の話ですがねぇ」

しかし、私の攻撃は彼の体をすり抜けてしまった。

どうやら幻影のようだ。

（幻影魔法(イリュージョン)をいつの間に!?　かなりハイレベルな術者みたいですね！）

「くっ……」

「ふふふ、残念。ハズレですよ。敵に背中を晒(さら)すとは愚かですね。八つ裂きにして差し上げます！」

スレイフニルは邪悪な笑みを浮かべると、私の背後へと回り込み爪で切り裂こうとする。

「――残念ですね。ハズレです。幻影魔法くらいなら私も使えます」

「なにぃ!?」

その鋭い爪は虚しく空を切り、彼は驚愕したような声を出す。

本物の私は彼の後ろだ……！

「くそぉ、小娘ぇ～!!」

スレイフニルは悔しそうな表情を浮かべる。

トドメが刺せると油断していたのか、大きな隙が生じていた。

「これで終わりですよ。覚悟してください。――ローラさん！　連係でいきましょう！」

「ああ、わかった！」

私はスレイフニルにトドメを刺すべく、ローラさんに合図を送る。

「いきますよ！　――三閃！」

彼の頭上まで跳躍して上方から三つの突きを同時に放った。

しかし、さすがは魔王軍の幹部というべきか、体勢を大きく崩しながらもかろうじて私の剣を爪で受け止める。

「くっ……!?」

「ダルメシアン一刀流秘技――レッドローズライジング！」

――その剣技は美しくも力強く、薔薇の花びらが舞うようだった。

ローラさんの秘技がスレイフニルに炸裂する。

「ぐぁぁぁぁぁぁ!!!」

彼の体は真っ二つに裂けた。

そして、その瞬間——死人たちはすべて朽ち果てる。

(今、一瞬だけ闘気術を使って一撃の威力を上げていましたね。それで体力の消耗を最小限にとどめたのでしょう)

今や声をかけるだけで心が通じ合うように、私の攻撃に合わせてくれる。彼女は本当に頼りになる人だ。

「ちっ、ローラの奴がいいところ全部持っていっちまったな」

「ローラさ〜ん、お見事です〜。さすがですね〜」

「いや、ソアラがアシストしてくれたからこそさ……」

エレインさんとルミアさんがローラさんを褒めるが、彼女は剣を見つめて怪訝そうな顔をする。

彼女の中で納得いかない部分があったのだろうか……。

「ローラさん、どうかしたのですか?」

「うむ。あまりにも手応えがなかったのでな。拍子抜けしてしまっただけだ」

「そう言われてみればそうですわね。氷の女王に比べると迫力不足でしたもの」

エリスさんも同意するように首を傾げる。

確かにあまりにもあっさりしてたと言われると、そうかもしれない。

「――おい、なにか騒ぎがあったのか!?」

「あ、アレックスさん！」

ちょうどいいタイミングで、アレックスさんが戻ってきた。

後ろには騎士たちを率いている。

もう、砦を攻略したのだろうか……。思ったよりもずっと早い。

「これは……どうやら戦闘があったみたいだな。ソアラ殿、敵はどこへ行ったんだ？」

「敵の幹部らしき死人使い(ネクロマンサー)を倒しました。率いていた軍勢は死人だけだったので、それと同時に土に還(かえ)ったみたいです」

「なるほど、ソアラ殿は怪我などはしていないか？　どこか負傷して――」

その瞬間、アレックスさんの剣が私の心臓を狙って突き出された。

「えっ？」

反射的に身を反(そ)らしたが、その切っ先は肩を掠(かす)める。

私は突然の出来事に思考が混乱してしまった。

（なんで、アレックスさんが私を殺そうとしているのでしょう……？）

わけがわからない。

いったいこれはどういうことなのか。

「あ、アレックスさん、なぜ私を攻撃するのですか……!?」

「すまない、これも任務なのだ」

「そんな……」

彼はいつもの優しい笑顔ではなく、無表情のまま冷淡に言い放ったのだ。

「大聖女ソアラは造反者の疑いが強い。ゆえに成敗(せいばい)する」

「ど、どうしてそのようなことを……!?」

「それはお前が一番わかっているのではないか？　騎士団長として命じる！　大聖女のパーティーを征伐しろ！」

彼の指示により、騎士たちが戸惑(とまど)いつつも私たちを取り囲む。

どうやら本気で戦うしかないようだ。だが、しかし――。

「くくく、やはり冒険者は生温(なまぬる)いな。人間が相手となると剣が鈍(にぶ)ると見える」

アレックスさんの鋭い斬撃を私はなんとか受けてはいなして防ぎ続ける。

このままだとなにもできずに負けてしまう。

「アレックスさん……本当に私が裏切ったと思っているのですか……!?」

「そうだ」

「理由を教えてください！」

「騎士団長の俺のもとに、大聖女ソアラが魔王軍の一員であるとの密告があった。信頼できる筋からな。それで十分だろう」

「……」

　アレックスさんの口から漏らされた、ある言葉を聞いて、今度こそ私は確証を得た。

――なるほど、そういうことか。それなら、どうすればよいのか。答えは簡単だ。

「解析魔法（アナリシス）！　正体を現せ、偽物（にせもの）！」

「なっ……!?」

　私の魔法によってアレックスさんの姿がスレイフニルへと変化する。

「ふははは！　よくぞ見破りましたね。私の変身は完璧だったはずでしたが、妙ですね」

「アレックスさんは騎士団長ではありません。騎士団長であるガレウスさんの息子さんです。騎士団の方々も反射的に動きましたが、困惑（こんわく）して戦闘には加わらずに様子見をしています。あなたが操っている死人以外は、ですが」

「くくく、お見事。完璧な推理ですよ。しかし、それがわかったところであなたたちに勝ち目はありませんよ」

　スレイフニルは余裕綽々（しゃくしゃく）とばかりに高笑いをする。

　なにか、彼には切り札でも隠されているというのだろうか……？

「――クリスさんはわかっていない。あんなにも素敵な死体を置いて帰るなんて。剣帝リーベルの死体……この私が操れば死も恐れぬ最強の傀儡となります！」

「なんだとっ!?」

スレイフニルの自信満々な言葉に、ローラさんは驚愕の声を上げた。

土の下から出てきたのは、紛れもなく死んだはずのリーベルさんだった。

「ふふふ、この死人は特別製でしてねぇ。強さは生前の全盛期を引き継いでおります。さあ、私の忠実なる下僕！　あの愚かな人間どもを皆殺しにしてしまえぇぇぇ!!」

「ぐおおぉぉぉ!!」

リーベルさんが雄叫びを上げると、彼から凄まじい殺気を感じる。

これは死人とはいえ要注意だ……。

「――っ!?　は、速い!?」

旋風のような太刀筋。一瞬で私は彼に自分の間合いのうちに踏み込まれて、首元に剣を突きつけられそうになる。

「くっ！　ぎ、身体強化術！」

「ぬううううっ!?」

魔法で飛躍的に身体能力を強化した私は、ギリギリで追撃を回避することができた。

これが〝剣帝〟と呼ばれた彼の全盛期の強さ？

しかも死人ということは、多少身体に損傷を与えたとしても動きが鈍ることはないだろう。

（困りましたね。彼に加えてスレイフニルもいます。セカンドを守りながら戦うとなると

――）


そんなことを思考しているときも、リーベルさんの斬撃は止まらない。

まるで嵐のように激しく剣を振り回すため、私は反撃することもできず防御に徹している状況だ。

（これは厳しい戦いになりそうです）

「姐さん！」

「ソアラ！」

そのとき、エレインさんの魔法とローラさんの剣技がリーベルさんを襲う。

「――っ!?」

「ソアラ、ここは私たちに任せてスレイフニルを倒せ」

「ローラさん!?」

「あたしとローラでこいつを引きつけておきます。ルミアとエリス、お前らは姐さんを援護するんだ」

ローラさんとエレインさんが一緒にリーベルさんに向かっていく。

確かに死霊である彼を戦闘不能に追い込むよりも、スレイフニルを今度こそ倒してしまえばいい。

さっきはそうやってスレイフニルに狙いを絞ったのに、リーベルさんの亡骸（なきがら）に気を取られて私は初歩的なことを忘れてしまっていた。

「ありがとうございます！　では、お願いします！」

私は二人に礼を言うと、そのまま駆けだしてスレイフニルへと向かう。

「くくく、この私を倒したほうが早いですと？　人間という生き物の頭の中はおめでたいですねぇ。……まあ、そうくるのは予想していました。私の切り札をお見せいたしましょう」

「えっ？」

突如として、スレイフニルの身体が闇に包まれて消えていく。

そして、次の瞬間に――。

そこには漆黒（しっこく）の鱗（うろこ）に全身を覆（おお）われた巨大なドラゴンが現れたのだ。

「まさか……それがあなたの正体ですか!?」

「ふふ、そのとおりですよ。私は魔王軍幹部の一人、竜人族のスレイフニル。さぁ、大聖女さん、あなたの力を見せてください！　ちなみにリーベルさんの屍（しかばね）よりも私が弱いと侮（あなど）っているなら……即死ですよ？」

「――っ!?」

なんという魔力量と威圧感だろう。スレイフニルの体躯から溢（あふ）れ出る禍々しいオーラは、私の肌をピリピリと刺激する。

彼は間違いなく強敵だ。だが、だからといって引き下がるわけにはいかない。

「ソアラ先輩、援護しますわ！　光の精霊よ、力を貸したまえ！　銀十字の刃（シルバージャッジメント）!!」

エリスさんの放った聖なる光を帯びた無数の斬撃がスレイフニルへと襲いかかる。

「ふん、くだらないですね」

スレイフニルは翼を大きく羽ばたかせると、暴風を巻き起こしながらそれを弾（はじ）き飛ばした。

「そ、そんな……！」

「エリスさん、私とルミアさんが隙を作ります。トドメをお願いできますか？」

渾身（こんしん）の魔法が効かなくて動揺している彼女に私は声をかける。

エリスさんには切り札があるからだ。

そう。覚醒者である彼女にはSランクスキル――栄光への道（シャイニングロード）がある。

「そ、ソアラ先輩！　は、はい！　わかりましたわ！」

「それじゃあいきますよ！」

私はスレイフニルに斬りかかる。

しかし彼は爪で剣を受け止めると、もう片方の鋭い鉤爪（かぎづめ）で反撃してきた。

「ぐっ!?」

なんとか受け止めるが、勢いを殺しきれずに大きく後退してしまう。

「ソアラ様をやらせませ～ん！」

「ぬぐぅっ!?」

そこにルミアさんが獣人族（アニムス）特有の圧倒的な膂力（りょりょく）でスレイフニルを殴り飛ばす。

「獣人族風情（ふぜい）がこの私を――」

「問答無用です～！　うりゃりゃりゃりゃりゃりゃりゃりゃりゃりゃ～!!」

「なにっ!?　こ、この私が力負けしているだと!?」

ルミアさんの怒濤（どとう）の連続攻撃の前にスレイフニルは防戦一方になる。

普段は私たちのフォローに徹している彼女だが、実はパーティーで一番の腕力を持っているのだ。

「私も負けていられませんね！　我流槍術（そうじゅつ）・連突き（ラピッドスラッシュ）!!」

「――っ!?」

私はリーチの長い槍（やり）を手にして、スレイフニルの急所を狙って連続攻撃を繰り出す。

「小賢（こざか）しいですねぇ！」

スレイフニルは苛立（いらだ）った様子で尻尾を振るって反撃してくる。

「くっ！」

私は紙一重（かみひとえ）で避けるが、完全には避けきれておらず、頬が切れてしまう。しかし――。

「我流槍術・奥義！　龍滅牙突（ドラグネイル）!!」

私の必殺の一閃が、スレイフニルを捉（とら）える。

「ぐうぉっ!?」

一撃をまともに受けたスレイフニルは大きく仰け反った。

「こ、この程度で竜人族の誇りを傷つけられると思うなぁぁ！」

スレイフニルが口からブレスを放つ。

凄まじい熱量の炎を私は咄嗟に防御するが、あまりの威力に吹き飛ばされてしまった。

「そ、ソアラ様〜、ポーションです〜」

「ありがとうございます、ルミアさん！」

私は素早くポーションを飲んで回復する。

さすがに魔王軍幹部だけあって強い。でも、私たちは絶対に勝たなければならないんだ。

「ふふ、なかなかやりますねぇ。いいでしょう、私も本気でいきますよ！」

スレイフニルは、再び全身から禍々しい魔力を放ちながら口を大きく開く。

(まさか、さっき以上の火力を出すつもりですか？)

だが、身構えたときはもう遅い。スレイフニルの口から、超高密度の魔力の塊が放たれていたのだ。

「ソアラ様を〜、お守りしま〜す！　きゃっ！　くぅ……痛い……けど……我慢しま……す
……！」

ルミアさんが突き飛ばしてくれて、私は難を逃れたが、彼女はその攻撃を足に受けてしまう。

「ルミアさん!?」

「ふふふ、まずは一人目。次は大聖女さん、あなたの番ですよ！」

スレイフニルが邪悪な笑みを浮かべた。

（仕方ありません。切り札を使います！）

「くっ！　超身体強化術（フルバーストギア）！」

砦を攻めている本隊の状況がわからない今、なるべく温存していたかったが……そうも言っていられない。

身体能力を飛躍的に高めた私は長槍（ちょうそう）を片手持ちに切り替えると、スレイフニルに向かって駆けだす。

「無駄です。先程よりも強力な私の攻撃に耐えられますか？　滅びなさい、竜人族最大の魔法――黒焔獄息吹（ヘルフレア）!!」

スレイフニルの口から、今度は漆黒の業火（ごうか）が吐き出される。

だが、私だって、ただ見ていたわけではない。

「すべてを貫（つらぬ）く無敵の矛（ほこ）……とまではいきませんが！　我流槍術・奥義！　吶喊破槍撃（とっかんはそうげき）!!」

私はスレイフニルの攻撃に合わせて、渾身の突きを放った。

真正面を貫くことだけに特化した一撃。

二つの攻撃はぶつかり合い、せめぎ合う。

「ば、馬鹿な!?　わ、我が最強の攻撃と互角ですと!?」

「お願いです!!　貫いてください!!」

「ぬぐぅ!?」

私はスレイフニルの攻撃を弾き返すことに成功した。

さらに彼は腹に衝撃を与えられてバランスを崩すことに……。

「あ、あり得ない!?　この私が人間ごときにぃぃ!?」

「今です！　エリスさん！」

「先輩！　信じてタイミングをずっと狙っていましたわ！　栄光への道(シャイニングロード)ですの！」

瞬間移動(テレポート)を絶妙のタイミングで使用したエリスさんは、切り札であるＳランクスキルを発動する。

彼女の体が眩(まばゆ)い光に包まれたかと思うと、次の瞬間には彼女の姿が大きく変貌を遂(と)げていた。

背中には純白の翼。頭上には金色に輝く輪っか。

その姿はまるで——天使のようだ。

そういえば、アイランドタートルと遭遇したときパワーアップしたと言っていたが、このことだったのか。

そこから放たれる超圧縮された光属性の魔力は、もはや視認すらできないほどのスピードでスレイフニルへと襲いかかる。

確かに以前よりも速く、そして出力も増していた。

「な、なんだこれは!?　こ、こんなもの！　ぐ、ぐぁぁぁぁぁぁぁぁぁっ!?」

光の奔流を喰らったスレイフニルの巨体は、遥か上空へと舞い上げられる。

至近距離からの強烈な一撃。普通の敵ならひとたまりもないはずだが……。

「ソアラ先輩、まだ彼は生きていますわ！　死人たちの動きが止まりません！」

「ええ、想定していました。ですが、トドメを刺すことはできます。彼は遥か上空。今ならこの兵器を使っても問題ないでしょう」

私はそう言うと、『ネオ魔導砲セカンドＭａｒｋⅡ　ツインダブルβ』の照準をスレイフニルに合わせる。

もしもの事態に陥ったとき、私たちは一度だけこの兵器の使用許可をアレックスさんにいただいていた。

まさか、本当に使う場面がくるとは……。

味方に被害が及ばないようにエリスさんに上空へと撃ち上げてほしいと指示を出しておいてよかった。

「まずは暗号詠唱を――魔力の根源を司る精霊たちよ、我が魔力に呼応し顕現せよ。その熱き息吹にて、眼前の敵を屠れ！」

前回見せてもらったときは半分ほどの出力だったが、今回は出力を最大まで引き上げる。

すると、砲身から溢れんばかりの無属性の魔力が一点に集められ充塡されていく。

この感じ……確かに先程のエリスさんのパワーアップした栄光への道（シャイニングロード）をも上回る魔力量だ。

「いきます！　発射――」

私が引き金を引くと同時に、凄まじい爆発音とともに閃光が走る。

まるで空そのものが発光したかのような錯覚に陥るほどである。

（タイミングも完璧です。これは避けられません）

エリスさんの攻撃によって、上空にあるスレイフニルへ、それは……見事に着弾した。

「――っ!?　ば、バカな、竜人族の誇り高き肉体が……！　があああああっ!!」

光が彼を飲み込むと、断末魔（だんまつま）の叫びと同時にそのまま地上へと落下していった。

そして無慈悲に地面に激突する。

土煙が晴れるとそこには丸焦（まるこ）げになりながらも、かろうじて原型をとどめているスレイフニルの姿があった。

さすがは頑丈な竜の鱗で身が覆われた竜人族。

人間ならば当然跡形もなくなっているところなのだが、肉体は残っていたか……。

「や、やりましたの？」

「………」

エリスさんの言葉を聞きつつ、私は警戒を解かずにじっとスレイフニルを見つめる。

だが、ピクリとも動かない。どうやら討伐に成功したようだ。

「ソアラ様～、やりましたね～」

「ええ、なんとかなりました。エリスさんのスキルとこのセカンドのおかげです」

ルミアさんは自ら(みずか)足の応急処置を済ませたのか、こちらに駆け寄ってくる。

「ルミアさん、お怪我は大丈夫ですか？　治癒術(ヒール)をかけておきましょう」

「はい、ありがとうございます～」

「しかし……まさか、これほどの力を持っていたなんて……」

私は改めてセカンドの性能の高さを思い知る。

威力だけでいえば、Sランクスキルをも凌駕(りょうが)するというのも納得だ。

ただ、使い勝手は圧倒的にエリスさんの栄光への道(シャイニングロード)のほうがいいだろう……。

(必ず当たるように狙いを定めて撃ち出せるように仕込みをするのだけでも一苦労でしたからね)

「姐さん！　リーベルのおっさんの死体が動かなくなったってことはやったんですね！」

「はい。無事、スレイフニルを討ち取りました。しかし、リーベルさんのご遺体は――」

「うむ。いくらダメージを与えようとも向かってくるからな。かなり損傷させてしまった。死者の尊厳を踏みにじるとは、こいつの罪はそれだけで万死に値(あたい)する」

ローラさんの呟きは怒りを押し殺したような声音だった。

死体とはいえ、リーベルさんはやはり強かったらしく二人ともかなり傷を負っていた。

「ローラさん、エレインさん。またいつ戦いになるかわかりません。まずは治療を――あっ！」

そんなことを言っている私の身体がよろけてしまった。

超身体強化術（フルバーストギア）を使った反動は短時間とはいえ、やはり大きいらしい。

「先輩!?」

「大丈夫です。少し疲れが出ただけなので」

「無理もありませんわ。あれほどの戦いでしたもの」

「はい。警戒は怠（おこた）らず、休めるだけ休みましょう」

私たちはゆっくりと、その場で腰を下ろした。

アレックスさんたちの本隊もどうかご無事で……。

万が一のときに戦えるように身体を休めなくては。

◆

その後、私たちが交代で仮眠を取っている間に本隊の方でも決着がついたようで砦の攻略に成功したという連絡が入る。

どうやら、砦の中にいた敵の大半は、スレイフニルの操る死人だったらしく、彼が倒されたことで、その死人たちは朽ち果て、戦況が一気に優勢になったそうだ。

「なるほど、君たちが死人使い(ネクロマンサー)を倒してくれたんだな。礼を言う」

「いえ、私たちこそご助力できてよかったと思っています」

アレックスさんの言葉に、私は深々と頭を下げる。

「スレイフニルとやらの他にも、砦には幹部級の魔族がいてな。俺もこのとおりかなり深手を負わされた。死傷者の数も決して少なくはない。君たちの活躍がなければ危なかった」

「そうですか……、スレイフニルの他にも強敵がいたのですね」

砦の攻略に向かっていた本隊もなかなか苦戦を強(し)いられていたらしく、もう少しで私たち予備戦力に救援要請を出すところだったという。

そう考えると私たちがスレイフニルに全滅させられていたら、青龍隊全体にとっても致命的だったのかもしれない。

「だが、それもようやく終わった。一度、態勢を整えて――」

そのとき、グラグラと大地が震えて激しい地響きが起こる。

「なんだ!?　なにが起こった！　あ、あれは、ば、馬鹿な!?」

アレックスさんの表情が険(けわ)しくなる。

彼の視線を追うと、砦の地下からさらに巨大な要塞が姿を現した。

「あれは……いったい……。えっ？　まさか、こんなことが!?」

地響きはまだ収まらない。

私たちは目を丸くしてその光景に驚愕していた。

なんと巨大な要塞は空中へと浮き上がったのである。

そして、そのまま飛び去っていく。

（あのような巨大な要塞が隠れていて空中に飛んでいってしまうとは思いませんでした。そ、それにあの方向はまさか――）

「お、王都だ！　あの空中要塞は出兵によってガラ空きになっているエデルジア王都を急襲するつもりだ！」

その言葉を聞いて、私だけではなく皆の顔が青ざめていく。

つまり、スレイフニルたちを倒したと思ったら、実は最後の最後でこちらの作戦を逆手に取られた形になってしまったのだから。

だが、今はそんなことを考えている場合ではない。

この場にいる全員の気持ちは同じだろう。

王都が襲われれば私たちは戻る場所を失う。

「全軍に告ぐ！　これより我らは王都へと向かうぞ！」

アレックスさんの号令に全員が気を引き締めて準備を開始する。

こうして、魔王軍との決戦第二幕が切って落とされた。

◆

「姐さん、今度はあたしたちが先遣隊(せんけんたい)を担(にな)うとは思わなかったですね」

「ええ、スレイフニルを倒した実績と足の速さが買われたんでしょうね」

「それならいいんですけど。正直、さっきの戦いではかなり手こずりましたから」

「はい。スレイフニルは相当な実力者でしたからね」

私たちは馬に乗って砂漠を駆けていた。

いち早く王都に辿り着くことを最優先させよ、ということでパーティー五人のみでの移動となったのである。

「ソアラ様～、大丈夫ですか～？　随分(ずいぶん)とお疲れみたいでしたけど～」

「ええ、問題ありません。ルミアさんこそ大丈夫ですか？　足が治ったばかりですけど」

「はい～。おかげさまで～。だいぶ楽になりました～」

ルミアさんは元気そうな声で答えてくれるが、その顔色は優れない。

少し無理をしているようだ。そんな彼女を見ていると心が痛む。

「ソアラ様～、そんな顔をしないでくださ～い。私は、嬉しいんですよ～。パーティーの勝利に貢献できたんですから～」

「そう言ってもらえるとありがたいです。ですが、辛くなったらいつでも言ってくれて構いませんから」

「ありがとうございます～」

彼女が笑顔で答えてくれたおかげで、少し気が軽くなる。

とにかく王都までの道中、厄介な魔物と出くわさないことを祈るばかりだった。

「ソアラ、自信を持ってくれ。私たちは幹部クラスの魔族を二人も討伐したのだ。ルミアはもちろん、私たちもまだ本調子ではないが、それでも自分の強さを信じて戦う気概は必要だ」

「そうですわ、先輩！　それにわたくしたちがここで頑張りませんと、王都の人たちが危険に晒されますの。ソアラ先輩、わたくしも無理をする覚悟はできております」

「はい。もちろん、理解しています。ただ、どうしても考えてしまうのです。私がもっと強ければと……」

ローラさんとエリスさんの言葉をありがたく思うが、やはり後悔の念は消えなかった。

私の力不足のせいで、スレイフニルの強力な一撃をルミアさんが受けることになったのだから。

「ソアラ、あなたはそのままでいい。あなたがその優しさを保った上で戦っているから、私たちは仲間として力を尽くすことができるのだ。あなたは十分に強い。そして私たちも強いぞ」

「ローラに同調するのはしゃくだが、そのとおりですよ。あたしたちは姐さんの隣で戦うためならどんな困難だって耐えられるし、どこまでも強くなれますよ」

「ソアラ様～、元気出してくれないと困ります～。どうかいつものように優しく微笑みかけてくださ～い」

仲間たちの言葉が胸に染みる。

彼女たちの言葉のおかげで胸の奥にあった重石が取れたような気分になった。

私は本当に仲間たちに恵まれている。

ならば、私もそれに応えなくてはならない。

もう二度と後悔しないためにも。

「みなさん、ありがとうございます。これからの戦い、必ず勝利しましょう！」

「ああ！」

「は～い！」

「ええ！」

「はい！　当たり前ですよ、姐さん！」

私たちは改めて決意を固める。

幸運なことながら、この道中で魔物と遭遇することはほとんどなかった。

そして、ついに私たちは王都へと戻り着いたのである。

久しぶりに強い人間と戦ったわ。あれが大聖女ソアラ・イースフィル。噂には聞いていたけれど、まさかあれほどとは思わなかった。

正直なところ、最初は期待外れだとガッカリしたわ。

確かに器用なところはあるし、魔法も武芸も一流。

でも、それだけでなんの脅威も感じなかった。所詮は器用に物事をこなすだけ。

魔法と武器を同時に利用できるとは聞いていたわ。

確かにそれは戦いの場において、有効な技術だと言える。

だが、その力は才能という壁の前では貧弱で脆い小手先の工夫に過ぎない。

……その上おおよそ戦士とは思えない甘さがあった。

こうした第一印象から、あのソアラという女は、甘ちゃんと呼べるほど脆弱な精神の持ち主だという評価を私は下していた。

私にとって戦いとは、技術や能力の高さだけではなく魂の強さも重要だと思っているから……。

「気持ちでは勝っていたわ。あの子にはまるで殺気が感じられなかったもの。でも、あの子の力は本物。もし本気で……殺す気であの子が向かってきていたら、どうなっていたかわからなかったわ」

私はあの戦いを思い出して戦慄する。

器用さを最大限に利用した身体強化術の二重使用。

おそらくそれがあの子の切り札でしょう。

あそこまでの魔力制御と精度を持つ人間は見たことがない。

正直、同じ人間の女に力負けしたのは屈辱的だった。

「あんなに優しい子がどうしてこんなに強いのかしら？　あのような人間がいたなんて――世界は広いのね」

そう呟いた後、ふと気づく。

私は人間に絶望している。なのにもかかわらず、なぜこうも人間であるあの女に対して興味が湧くのだろうか？

不思議に思いながらも、答えを出すことはできなかった。

まったく、魔剣士クリスともあろう者がなにを考えているのかしら。

「人間なんてクソよ。あの方がいなければ私は今ごろ死んでいたわ。そう、あの方の悲願を達成するために私は生きているのだから」

かつて私はアークロット王国の伯爵家に生まれ、天性の剣のセンスを見込まれて騎士として王国に仕（つか）えていた。

当時の私は剣姫（けんき）と呼ばれ、その実力を買われて多くの戦場で手柄を挙げてきた。

しかし、そんな日々は突然終わりを告げることになる。

私の婚約者である王子がある日突然、仲間の貴族とともに謀反（むほん）を起こしたからだ。

謀反はすぐに鎮圧されて失敗に終わり、どういうわけかその罪はすべて私に押しつけられた。

そして、私は投獄されてしまう。

当然のことながら無実を主張したが、誰も信じてはくれなかった。

『父上、いえ陛下！　すべてクリスが僕をそそのかしてやったことなんです！』

『女の武器を使って剣姫ともてはやされ、いい気になっていたからな。まさかここまで愚かだとは』

『可哀想な殿下だ。悪女に誑（たぶら）かされて利用された挙げ句、最後は捨てられるんだからな』

『待ってください！　それは誤解です！　私は本当に何も知りませんでした！　お願いです！話を聞いてください！　これは冤罪（えんざい）です！　どうか、どうかお慈悲を！』

しかし両親ですら家を守るために、あっさりと私を厳罰に処する判決の後押しをした。

『クリスよ。お前を国外追放とする。二度とこの国に戻ってくるでないぞ』

こうして私の運命は大きく変わった。

無実を訴えても無駄。

その上、布切れのような服一枚で魔物たちの巣窟である森の中に置き去りにされたのだ。

しかも、運が悪いことに大雨まで降ってきた。

私は必死に逃げ回ったが、結局は魔物に襲われて命を落としそうになった。

だが、そこで奇跡が起きた。

瀕死の重傷を負いながら死を待っていると、なぜか大きな落雷によって魔物たちがすべて焼け死んでしまったのだ。

『あら、あなた随分といい表情してるじゃない。あたし、その絶望と憎しみに染まったあなたの瞳好きよ』

目の前に現れたのは美しい金髪とルビーのような瞳を持つ少女だった。

その少女こそが魔王アリシア様である。

『死にたくないならついてきなさい。あなたに生きるチャンスをあげるわ』

彼女は私にそう言ってくれた。

もちろんすぐには信じられなかったが、他に選択肢はない。

私は、彼女についていくことにした。

『ああ、アリシア様！　私はあなたにこの身を捧げると誓います！』

――それからの毎日はとても幸せで、まるで天国にいるようだった。

アリシア様の愛くるしさはもちろんだが、彼女の圧倒的な強さに憧れを抱いたのも大きかったと思う。

なにより、彼女が私を必要としてくれたことが嬉しかった。

だからこそ、私は彼女に忠誠を誓ったのだ。

『クリス、あなたは人間だけど、どんな魔族よりも美しいわ。よく顔を見せなさい。……ふふ、このあたしが見込んだだけのことはあるわね』

『ありがとうございます。アリシア様に褒められて光栄です。これからもずっとあなたのそばに置いてください』

『ええ、もちろんよ。こっちに来なさい。もっと可愛がってあげるわ』

アリシア様の寝室で私は彼女と唇を重ねる。

生まれて初めてのキスだったが、誰とするよりも極上の快感だと言いきれるような、そんな不思議な感覚に、私はそれだけで腰砕けになってしまったような錯覚に陥った。

彼女にならすべてを委ねられる。心の中が満たされていくような感覚だった。

『クリス、好きよ。愛しているわ』

『はい、私も恐れながら愛しております。アリシア様のためならばこの身が朽ちて滅びようとも一向に構いません』

『嬉しいことを言ってくれるじゃない。なら、一緒に人間を滅ぼしましょう。できるわよね？　このあたしが力を分けてあげたのだから』

『ええ、もちろんです！　必ずや成し遂げてみせます！　私はそのために生まれてきたのですから！』

そう、すべてはアリシア様のために！

この剣は、私の五体は、彼女に捧げるためにある！

「……アリシア様に報告しないと」

傷を癒やした私は自らの拳を握り締め、全快したことを確認する。

そして魔王城の一室を出た私は、アリシア様のもとへと急いだ。

大聖女ソアラ……あの方は彼女をどう評価するのかしら。

◇

「アリシア様、お待たせしてしまい申し訳ありません！」

リーベルのパーティーを葬って、ソアラのパーティーとも交戦したことを魔王であるアリシア様に報告するために、私は魔王城の謁見の間へと足を踏み入れた。

「遅いわよ、クリス。待ちくたびれちゃったわ」

「申し訳ございません」

「ふふ、冗談よ。あなたが慌てる顔って可愛いから、つい意地悪したくなるのよね」

そう言いながら、アリシア様が私の頭を優しく撫でてくれる。

あぁ、なんて幸せな時間なのだろう。このまま永遠に時が止まればいいのに……。

彼女はフリルのついた黒い服を着ており、その小さな身体には不釣り合いなほど大きな椅子に座っていた。

見た目だけなら十歳くらいの子供にしか見えないのだが、その力は圧倒的だ。

アリシア様の規格外の超魔力により繰り出される魔法と比べれば、人間どものSランクスキルなど児戯(じぎ)に等しい。

「さて、それでは報告を聞かせてもらいましょうか」

「はっ、エデルジアとジルベルタ国境付近の町にて剣帝リーベルのパーティーを壊滅させることに無事成功しました」

私はそう言って深々と頭を下げる。

剣帝の名は伊達(だて)ではなく、剣の腕は超一流で、さらに強力な仲間にも恵まれていた。

でも、アリシア様が授けてくださった力があれば問題ない相手だったとも言える。

一太刀(ひとたち)肩に受けただけで、難なく彼のパーティーを全滅させることができたのだから。

「へぇー、やるじゃない。これでまた一人、人間たちの英雄を葬ることが叶ったわけね」

「ええ、ですが……そのあと遭遇した大聖女ソアラのパーティーと交戦。思いがけぬ力に苦戦を強いられ、撤退を余儀なくされました」

「大聖女ソアラ？　ああ、ちょっと前にケルフィテレサを倒したっていう新顔ね。その子があなたほどの使い手を苦戦させたっていうの？　ちょっと驚きね」

私がソアラを討ち漏らしたと報告すると、アリシア様は少し興味を持ったようだ。

そして、私の顔をジッと見つめてくる。

心なしか機嫌がよさそうな気がするが、それは新たな強敵の出現を喜んでいるということだろうか。

「それで、ソアラの強さはどの程度だった？」

「正直に申し上げれば、明らかに力負けしてしまいました。ただ……」

「ただ？」

「彼女の身体強化術は長く保たない一時的なものです。長期戦に持ち込みさえすれば勝機は十分にあります」

私はそう断言する。

実際、彼女はかなり疲労していたように見えた。

あれはおそらく、自分の限界を超えるために無理をしたせいで、体力を大きく消耗した結果なのだと思う。

もしそうでなければ、私に力で勝つことは不可能だったはずだ。

「なるほどね。じゃあ、〝魔剣〟を使うほどの相手ではないってことね」

「はい、そのとおりです」

この私が人の身でありながら彼女の側近でいられるのは、〝魔剣〟という特殊な剣技を修得しているからだ。

これは魔族の中でもごく一部の者にしか扱えない究極の技である……。

「まあいいわ。とりあえずあなたは空中要塞が浮上し次第、司令官としてエデルジア王都殲滅に向かいなさい。いいわね？」

「はっ！　ですが、あそこにはスレイフニルを筆頭に幾人か魔族がいます。彼らに代わって私が指揮を執(と)ってもよろしいのでしょうか」

「ええ、構わないわ。スレイフニルもあなたを相手に喧嘩を売るような真似はしないに決まってるわよ」

喧嘩は売られない、か。

あの〝死人使い(ネクロマンサー)〟、私が仕留めたリーベルの遺体を勝手に持ち出したし、どうも油断ならない気がする。

「ま、あなたの懸念(けねん)もわかってるけど。もし、少しでも反抗したら粛清(しゅくせい)なさい。もっとも、その前に人間どもに殺されちゃってるかもだけどね」

「承知いたしました」

確かにアリシア様の言うとおり、スレイフニルたちは人間どもの戦力を王都から引き離すための捨て駒に近い存在だ。

しかし、だからといって奴らとて、そう簡単に人間が倒せるような存在ではない。

特にスレイフニルは死人などを操る下衆な卑怯者だが、竜人族で強靭な肉体を持つ。

あの男が倒されたとしたら、人間側の戦力も侮れないということにならないか。

「あ、そうだ。忘れるところだったけど、面白い連中を見つけたから会わせてあげる」

アリシア様はそう言って立ち上がり、指をパチンと鳴らす。

すると、私たちの目の前に、紫の髪をした少女と、黒い鎧を身に着けた赤髪の男が現れた。

「アリシアお姉様、なんで人間なんかがお姉様の側近なの？　なんで隣にいるのは私じゃないの？」

「アスト、それはあんたが弱いからよ。何度も言ってるでしょ。あたしは妹だからって特別扱いはしないの。魔王軍は実力主義なんだから」

「うぅ……そんなぁ。お姉様は酷いの」

アリシア様に冷たく突き放され、泣きべそをかく紫髪の少女。

彼女の名はアスト。アリシア様の妹君だ。

しかし、その力は非力で幹部ですらない。

魔王城の地下研究室に引きこもっていると聞いていたが……。

一方、アリシア様の隣に立つ男は見たこともない男だ。

年齢は十代後半といったところか。

赤い髪を短く切り揃え、目つきはやや鋭いが端整な顔立ちをしている。

だが、まるで生気を感じさせない不気味な雰囲気を放っているのはなぜだろう。

「ねぇ、お姉様。私、新しいお兄様を作ったの。その女よりも強いお兄様なの！」

「へぇー、すごいじゃない。名前はなんていうの？」

「えっとねー、ゼノンっていうの。勇者だったの」

勇者ゼノン？　確かソアラが前に所属していたパーティーって、そのゼノンのものだったはず。

つまり、彼はソアラの仲間だったというのか。

「ふふん、驚いた？　でも、お姉様も知ってるでしょ。私の研究は人間を魔族に改造することなの。勇者のお兄様の素質はすごいの。だから、普通の魔族とは比べ物にならないくらい強くなるの」

「なるほどね。それで、あんたはこのゼノンって奴の力を見せつけることであたしに地位を要求しに来たってわけね」

アリシア様がそう言うと、アストは嬉しそうな表情を浮かべた。

そして、私を指差す。……なるほど、そういうことか。

「この女は人間のくせにお姉様の側近なの。きっとゼノンお兄様のほうが、この女よりずっと強いの！　だから私にエデルジア王都を滅ぼすお仕事を任せてほしいの！」

「はあ、やっぱりそれね。まったく、仕方のない子だこと……」

呆れたようにため息をつくアリシア様。

しかし、その口元は笑みを湛えているように見える。

やはり彼女は争いごとを楽しんでいるのだ。

「わかったわ。じゃあ、アスト。あんたにはエデルジア王都殲滅の仕事を頼もうかしらね。——もちろん、そこのゼノンっていうのがあたしのクリスよりも強いって証明できたらの話だけどね」

「本当⁉　やったあ！　ありがとう、お姉様！　これでようやく私はお姉様と同じ高みに上れるの！」

その言葉を耳にした途端、アストは満面の笑みになる。

対するアリシア様も微笑んでいた。

そして、彼女の視線は私に向けられる。

「クリス、そんな顔をしないでもらえる？　まさか、あなた……あいつに勝つ自信がないとか言わないわよね？」

「いいえ、そんなことはありません。必ず勝ってみせます」

「そう、ならいいわ。こっちにいらっしゃい」

私はアリシア様の命令に即座に従う。

すると、アリシア様は私の耳元に唇を寄せてきた。

「いいわね、もしも負けたりしたら……わかってるでしょうね」

「はい、承知しております」

「ふふ、素直でよろしい」

満足げにそう呟き、優しく両手で私の顔に手を添えて唇を近づけてくるアリシア様。

私は目を閉じてその感触を受け入れた。

「んっ……ちゅっ……」

アリシア様とキスを交わす。

それはいつもどおりの儀式だった。

こうして私たちはお互いの愛を確認し合う。

「ふふふ、あなたっていつも綺麗な瞳をしているわね。あなたが勝ったら続きをシテあげる。楽しみにしておきなさい」

「はい。……是非とも褒美を頂戴したく存じます」

「よし、いい返事よ。さあ、いきなさい」

「はっ！　お任せください！」

私はアリシア様に敬礼をした後、アストの隣に立つ赤髪の男を一睨(ひとにら)みする。

「………………」

無言でこちらを見つめ返してくる赤髪の男ゼノン。

だが、その瞳からはなんの感情も読み取れない。

果たして、こいつは本当に生きているのか？

「ゼノンお兄様、最初から全力であの女を殺(や)るの」

「……闇鴉の爪(クロウクロー)」

アストの指示でゼノンは指を鳴らすと、頭上に大きな魔法陣が現れ、そこから巨大な鴉(からす)が召喚される。

その鴉はゼノンと融合して――。

「くがあああ！」

彼の赤髪は漆黒(しっこく)に染まり……そして黒い翼を大きく広げた。

なるほどね。これがこの男の特別な力ってわけか。

「があっ！」

ゼノンが空に向かって大きく吠(ほ)えると、その巨体は翼をはためかせて宙に浮かぶ。

「アストったら、面白いものを作ったじゃない。……クリス、格の違いをしっかりと教えてあげなさい」

「はい、お任せください」

私は剣を抜き放ち、ゼノンを鋭く見据える。

魔族を見慣れている私でも禍々しいオーラを感じる。

これは油断ならない相手かもしれないわ。

「じゃあ、始めるの」

アストの合図とともに戦いの火蓋は切って落とされた。

まずは様子見――なんて小物臭いことアリシア様の側近たる私がやるはずない。先手必勝でいくわ。

「スピードはどの程度かしら」

首筋を狙って私は一気に間合いを詰める。

しかし、ゼノンも反応してきた。

その上で、翼から無数の黒い羽根を放ってくる。

あの翼は少しだけ厄介みたいね。

「はぁっ！」

剣を振り回して、迫り来る羽を切り裂く。

この程度の攻撃なら造作もない。

「があああっ！」

今度は口から闇のブレスを吐き出してくるゼノン。

ったく、下品な戦い方だわ。

私はそれをかわすと同時に反撃に移る。

「神速斬撃・連舞（れんぶ）！」

高速の斬撃により、ゼノンの身体を切り裂いていく。

しかし、奴の皮膚はかなり硬い。

「くがああっ！」

それでも多少はダメージはあるようで、苦しそうな声を上げる。

この程度の敵に苦戦するようならアリシア様の側近は務まらない。さっさと仕留めよう。

「まだまだっ！　――瞬光雷閃（しゅんこうらいせん）!!」

私は一瞬にしてゼノンの背後に回り込み、電光石火の一撃を放つ。

「ぐあっ!?」

ゼノンの身体は本当に頑健（がんけん）で攻撃をまともに受けても倒せない。

その上で、私の動きにも抜群のセンスで対応し――。

「し、しまった！」

なんと、巧みな剣技で私の足を切り裂いてきたのだ。

咄嗟に距離を取る私だったが、足の傷は深い。

出血も酷いし、なによりもみっともない。

「ふふっ、クリス。あなた、意外と鈍臭かったりするの？」

アリシア様の嘲笑うかのような言葉に、私は屈辱を覚える。

あの程度の攻撃を受けてしまうとは、彼女の仰るとおり鈍臭いを通り越して愚図もいいところだわ。

「醜態をお見せして申し訳ありません。五秒で仕留めてまいります」

「あらそう。期待しているわよ」

私はアリシア様にそう宣言すると、すぐに回復魔法を使う。

「治癒術」

足の負傷が少しずつ治っていく、が――それを敵がのんびり待つはずもないだろう。

「くがあああ！」

再びゼノンが私に襲いかかってきた。

私は剣を構えて迎え撃つ。不本意だが、アリシア様より賜ったあの力を使うことにしよう。

「魔剣・神焔ノ一閃！」

私は炎を纏った剣で、ゼノンを切りつける。

剣技と魔法を融合させ、爆発的に火力を高める私の必殺技だ。

「くがっ……」

ゼノンの硬い鎧が砕けて胸から青い血が噴き出す。

しかし、まだ倒れない。

私の魔剣を受けて立っているとは、それだけでも称賛に値する。

だが、私はアリシア様に五秒で仕留めると誓った。もうこれ以上は遊んでいられない。

「これで終わりよ――魔剣・雷霆覇斬ッ!!」

「ぐっ……かはっ！」

剣に強力な雷撃魔法を纏わせた一撃を喰らい、ついにゼノンは倒れた。

嫌になるくらい頑丈だったわ。確かに元は人間を改造したというのなら、大したものね。

「さすがはクリス。あなたなら勝てると信じていたわ」

「ありがとうございます」

アリシア様の言葉に私は頭を下げる。

んっ？　なに？　この殺気……。

まさか、この男はまだ生きているとか？

いや、確かな手応えを感じた。あの一撃を受けて生きているはずがない。

「お、お前！　い、意識が奪われている……はぁ、はぁ、僕に勝ったからって、はぁ、はぁ……、あまり調子に乗るなよ……」

まさかゼノンに口を開く気力が残っていようとは。完全に予想外だった。

しかし、それもここまで。

今度こそトドメを刺してやる。

「残念だけど、次は確実に息の根を止めるわ。それが嫌ならば抵抗してみなさい」

私は剣を握り締める手に力を込める。

しかし、その行為は意味をなさないかもしれない。なぜなら――。

「はぁ、はぁ、面白い。ぼ、僕も知らないうちに二度も女に負けるわけにはいかなくてね。剣と魔法……、か。忌々しい特技だが……、はぁ、はぁ、お前以上に器用な奴を、ぼ、僕は、知って――」

そこまで話したところでゼノンの髪色は漆黒から赤へと戻り、バタリと倒れた。

どうやら今度こそ気を失ったらしい。

私よりも器用な奴を知っている？　その言葉によって思い出されるのは一人の女の顔だった……。

この男はあの女の何を知っているというの？

私の力をその身に受けた上で、あの女の技のほうが上だとでも言いたいのかしら。馬鹿馬鹿しい。

「……アスト、もうこれで終わりかしら？」

「あ、アリシアお姉様。待って、もう少し改造したらゼノンお兄様はもっと強くなるの！　だから――」

「あたしはもう終わりなのかしら、と聞いているのよ。用が終わったのなら、そこの野良犬みたいなのを連れて帰りなさい」

凍てつくような眼光を向けられ、アストは怯えた表情を浮かべる。

無理もない。アリシア様に睨まれて精神を正常に保つほうが難しいのだから。

「ひっ!?　は、はいぃっ！　わかったの！　すぐに帰るの！」

彼女はゼノンとともに転移魔法によって姿を消した。

あの怯え方からして、もう当分はちょっかいを出してこないだろう。

「ふうっ」

とりあえずは一段落。面目は保てたといったところだろうか。

しかし、アストのあの異常なまでの執念は一体なんだ。

やはり妹として、アリシア様の隣に立ちたいのだろうか。

ふっ、それなら私にも覚えがある感情だけに、理解できないわけではないわね……。

「じゃあ、クリス。前哨戦も終わったことだし、空中要塞が動いたら頼むわよ？　必ずエデルジア王都を滅ぼしなさい」

「はい、承知しました」

私はアリシア様の瞳をまっすぐに見て答える。

そこには迷いなど微塵もなかった。

「でも、まだ時間はあるわね。約束どおり、勝利したあなたにご褒美をあげようかしら。……あたしの寝室に来なさい。よろしいかしら？　クリス」

「はい、喜んで。アリシア様」

私は頭を下げてそう答えた。

アリシア様に私のすべてを捧げる。それはこの御方に仕えたときからの誓いであり、私にとっての絶対の真理なのだから——。

◇

「よく眠れたかしら？　あたしよりも先に寝るなんていい度胸をしているじゃない」

翌朝、目を覚ますといきなりそんなことを言われた。

主よりも先に寝るとは不覚にも程がある。昨晩はかなり激しかったから、そのせいかもしれないが……。

ベッドの上で私を見つめるアリシア様の顔は少しだけ紅潮している。

「申し訳ありません。アリシア様の御手により快楽の海に溺れてしまったみたいです。どうかお許しください」

私はアリシア様の手を取り、そこに軽くキスをする。

「ふふふっ、可愛い子ね。本当にあなたは」

私の頭を撫でながら笑みを浮かべるアリシア様はとても美しい。

見た目は幼い少女にもかかわらず妖艶な大人の魅力を放っていた。

「ねえ、クリス。改めて、あなたに命じるわ」

「はい、何なりとお命じください。この身はすべてアリシア様に捧げております」

私が即答すると、アリシア様は満足そうな顔で私の頭を撫で続けてくれる。

ああ、あなたこそ私のすべて。私の生きる意味。

「いい返事ね。では命令するわ。エデルジア王都を滅ぼしてきなさい」

「はっ！」

「情報によると、スレイフニルをはじめとする幹部たちは倒されたみたいよ。特に要注意なのはそのスレイフニルを倒した連中ね。……大聖女ソアラ・イースフィルのパーティー。あなたを退けた女よ」

「――っ!?　な、なるほど。それでアリシア様は改めてご命令を下されたのですね」

またしてもソアラ・イースフィルとは、これは宿敵ということなのかしら。

アリシア様の望み。それは容易に察せられた。

「ええ、あなたもプライドを傷つけられたままじゃ嫌でしょう？」

「確かにソアラ・イースフィルには借りがあります」

私は拳を握り締める。

大聖女ソアラのパーティーの抹殺。

屈辱を晴らすため、そしてアリシア様のお役に立つためにも必ず成し遂げなければならない。

私は自分の胸に手を当てる。

「――今度は遠慮なく魔剣の力を引き出して戦いなさい。そうすれば、大聖女とやらも理解するはずよ。魔王の側近であり、魔剣士と呼ばれているあなたの本当の実力をね」

「はい、仰せのとおりに」

もちろん、もう同じ相手に……しかも同じ人間の女に不覚を取るなどということはしない。

だが、ソアラ・イースフィルは侮れない相手だ。

だからこそ負けない。負けられない。

「さあ、早く行きなさい。あなたにはやるべきことがあるのだから」

「はい、行ってまいります」

私は一礼して部屋を出る。

アリシア様のご期待に応えるべく全力で戦うだけだ。

私は愛(いと)しい主に想いを馳せて、剣を握り締める。
彼女は私のすべて。この想いを乗せた斬撃に断ち切れぬものはなにもない——。

第五章　「空中要塞に潜入です」

Banno Skill no Retto Seijo

「王都に早く戻ってこれたのはよいが、やはりパニックになっているな」

ローラさんの言うとおり、私たちのパーティーのみ先遣隊としていち早く王都に戻ることができた。

しかしながら王都は今、混乱の最中にある。

それは当然だろう。なんせ突然、空中に浮かぶ要塞が現れたのだから。

要塞はゆっくりと王城の真上に停止しながら、その全貌を明らかにしていく。

全長は軽くエデルジア王城の二倍を超える巨大な空飛ぶ城。

それが空中要塞と呼ばれる兵器の正体だった。

「……あれが空中要塞」

私は呆然と呟く。

冷静に考えて、先に戻ったとして私たちにできることなどないのではないか。

せいぜいが国民の動揺を抑えるために、皆の前で演説をすることくらい。

いや、それさえもできるかどうかは微妙なところである。

「で、ソアラ姐さん。どうやってあの中に入って奴らの動きを止めましょうか？」

「え、エレインさん？　今、あの中に入るって言いましたか？」

さも当然のように、とんでもない提案をする彼女に私は驚いてしまう。

「ええ、そうですよ。だってあのデカブツは、今にも王都を攻撃しかねないじゃないですか？なら止めるしかないですよね」

「そ、それはそうかもしれませんけど……。まともにあそこに向かおうとしても、下手をすれば私たちは辿り着く前に全滅してしまいそうですし……」

「なにを言ってるんですか。エリスの奴が転移魔法を使えばいけますよ」

「ええっ!?　簡単に言わないでくださいまし！　あんな高いところ、無理ですわ！」

「……へっ？」

そう。エリスさんの転移魔法での移動距離では空中要塞まで到底届かない。

他にも方法を考えてみたが、どの手段を取っても失敗したら要塞に近づく前に地上に落下してしまう危険があるのだ。

「ふむ、確かに簡単ではないのは理解できた。だが、ソアラよ。やはり私たちが先んじて戻ったからには、なにかしら手を打たなければならぬと思うのだが」

「確かにそうですね。ローラさんやエレインさんの仰ることはもっともです」

「ソアラ……」

「ソアラ姐さん……」

「――すみません、少し弱気になっていたみたいですね。お二人のおかげで目が覚めました」

そうだ。なにを挫けそうになっていたんだ。

今は少しでも被害を出さないために、空中要塞へと乗り込む方法を考えるべきなのは明白。

（ですが、無駄に仲間を危険に晒すわけにもいきませんよね）

「すぅ～、はぁ～」

私は深呼吸をして気持ちを落ち着かせる。

そして目を閉じ、頭の中で作戦を考え始めた。

「……よし、これでいきましょう」

「決まったのか、ソアラよ」

「はい、なんとかなりそうです。皆さん、私の話を聞いてもらってもよろしいでしょうか？」

「……わかりましたわ」

「ソアラ様～、なんでも仰ってくださ～い」

みんな真剣な表情で耳を傾けてくれるようだ。

我ながら、無茶な作戦だと思うし、結局リスクはかなり高い。

だが、そうも言っていられなくなったのだ。

(それにどう考えてもこれが一番成功する確率が高い作戦です。とにかく急いで説明せねば)

——要塞から容赦のない砲撃が始まったからである。

◆

空中から降り注ぐ砲弾の雨。

その攻撃は凄まじく、王都のあちこちで爆発が起こり、建物が破壊されていく。

街の人々は恐怖に怯え、逃げ惑っている。

騎士団長のガレウスさんが中心となり避難の誘導をしているが、このままでは王都が壊滅するのは時間の問題であろう。

「——で、あの馬鹿でかいのにあんたたちだけで乗り込もうってわけ?」

「間違いなく死地であろうな。某らの力を借りてあの場に行けたとしても、なにもできぬ可能性は高い」

カジノにて用心棒をされている、かつての仲間……リルカさんとアーノルドさん。

パーティーの仲間に作戦を話したあと、私は二人に力を貸してほしいと頼んでいた。

「……やっぱりそう思いますよね」

「まあね、はっきり言えば自殺行為よ」

「……王都は捨てて、撤退しても誰も責めぬ場面だ。無理をして死ぬリスクを冒さんでもよかろう」

二人は厳しい目つきでこちらを見つめてくる。そのとおりだ。こんな危険なことに皆を付き合わせるべきではない。だけど――。

「……それでも、私は王都の人たちを助けたいんです」

私の決意は固かった。

仲間たちも同様に覚悟を決めてくれている。

ここで逃げたら、私たちはこの先も魔王軍に怯むことなく立ち向かえなくなるだろう。

「だからお願いします、力を貸――」

「いいわ。あんたたちには命を助けてもらった恩があるからね。協力してあげるわよ」

「我らも元々は勇者のパーティーとして力なき民のために戦おうと誓った身だ。お主らがどうしてもと言うのであれば某も協力しよう」

「あ、ありがとうございます」

私は二人の手を取り、心の底からの感謝を述べる。

二人の強さは二年間同じパーティーにいた私が誰よりも知っている。

助っ人としてこれほど頼りになる存在はいない。

「しかし、無茶なやり方を思いついたものだ。力技でなんとかしようとは、ソアラも大胆なことを考える」

「すみません。これでも結構知恵を絞ってみたんですが、おそらくこれが一番成功率が高そうなんです」

「わたくしはソアラ先輩が考えてくださった作戦ならば、喜んで命を預けられますわ！」

「ええ、あたしも姐さんの案に乗ります」

「私もです～！」

エリスさんの言葉を皮切りに次々と賛同の声が上がる。

私だって死にたいわけではないけど、それでも王都の人々を助けるためには多少の危険は仕方がないと思っているのだ。

「ふふふ、あんたの仲間ってなかなかイカれてるじゃない。……久しぶりに燃えてきたわ」

「当分は使うまいと思っていたSランクスキルだが、某も久々に振るってみようぞ」

そう言って二人が立ち上がる。

こうして私たちの潜入作戦は始まった。

私たちの作戦は至極(しごく)単純である。

まず、空中要塞の真下からアーノルドさんが岩山をも砂塵(さじん)に変えるほどの剛力を得られるSランクスキル〝真・魔閃衝撃(ませんしょうげき)〟を発動して、私たちをまとめて要塞へと投げ飛ばす。

その衝撃によって受けるダメージはリルカさんの全体治癒術（エクスヒール）によって、常に回復し続けながら要塞へと接近するという寸法だ。

「――最後にわたくしが栄光への道（シャイニングロード）で要塞に侵入用の穴を開けますわ」

「ああ、頼むぜエリス」

「Ｓランクスキルを三つも使う作戦か。今この場に覚醒者が三人もいたのは奇跡だったな」

作戦の確認が終わるとローラさんがそう呟いた。

確かにそうだ。本来なら成立するはずもない作戦。だが、今の私たちにはそれだけの力があるのだ。

「あのバカ勇者は覚醒者を集めてスター軍団を作るとか豪語していたわね。それで私やアーノルドやエリスに声をかけたのも少しは役立ったってことじゃないの？」

「ふふふ、そうかもしれませんね」

「当のゼノンだけがいないのが皮肉だがな。それにソアラが我らに――、いや今はその話はよいか」

アーノルドさんはなにかを言いかけたが、首を振って言葉を飲み込んだ。

まずは空中要塞の真下にある王城を目指そう。

（ゼノンさん、追い出された私が言うのは確かに皮肉なのかもしれませんが、あなたが集めた力のおかげでエデルジア王都を救えるかもしれません）

私はかつての仲間に想いを馳せながら、今の仲間たちとともに駆けだした。

◆

空中要塞に近づくにつれ、攻撃が激しくなっていく。

王都のあちこちでは煙が上がり、人々の悲鳴が響き渡る。

そんな中でさらに翼を持つタイプの魔物まで要塞より現れて、街の人々を襲い始めた。

「エレインさん、魔法で翼を狙いましょう。ローラさんとルミアさんは落下した魔物たちにトドメをお願いします」

「ソアラ姐さん！　任せてください！」

「わかりました〜」

「任せておけ」

「さて、いきますよ。空中の敵が相手なら――」

私は指示を出しつつ、空を舞う鳥型の魔物に光属性の魔力を込めた矢を一気に七本放つ。

聖なる力を帯びた一撃を受けた魔物たちは、もがくように地面に落ちていった。

「さすがだ、ソアラ。私も負けていられないな」

「あたしも頑張らないと！」

エレインさんは苛烈（かれつ）な魔法で魔物たちの翼を狙い、そしてローラさんは華麗な剣技で落下してきた魔物を確実に一撃で倒していく。

私たちは戦闘を続けながら進み、ついに要塞の真下に辿り着いた。

「こうやって下から見るとすげぇ迫力だぜ……」

「うわぁ～、怖いです～」

至近距離から見た空中要塞はまさに圧巻であった。

その威容は見る者を震え上がらせるほどだ。

「――だが、臆している場合ではないな」

「ええ、行きましょう」

私たちは気を引き締め直し、要塞内への突入作戦を開始した。

まずはリルカさんに全体治癒術（エクスヒール）で私たち全員を回復させる準備をしてもらい、アーノルドさんが真・魔閃衝撃を発動させ、石畳ごと私たちを持ち上げて――。

「いくぞぉおおおっ!!」

アーノルドさんの叫び声とともに私たちの体は宙に舞う。

直後、ものすごい勢いで体が加速していく。

「――っ!?」

凄まじい衝撃が体にかかるが、リルカさんの全体治癒術が発動し、すぐに痛みが引いていく。

もうすぐ空中要塞に到達する。ここまでは作戦どおりだ。

（あとはエリスさん、頼みますよ）

「栄光への道（シャイニングロード）、ですわ!!」

エリスさんが高らかに宣言すると、高出力の光属性の魔力が放出され要塞に風穴を開ける。よかった。力技すぎる作戦だったけど、なんとか成功したようだ。

私たちはその穴から要塞内部に転がり込んだ。

「エリスさん、お見事です。おかげで無事に潜入できました」

「はぁ、はぁ、生きた心地がしませんでしたわ」

「エリスさ〜ん、レッドポーションです〜。これで魔力を回復させてくださ〜い」

大技を絶妙なタイミングで繰り出して、神経をすり減らし魔力も大幅に消耗したエリスさんにルミアさんはレッドポーションを渡す。

「ありがとうございます、ルミアさん。助かりますの」

エリスさんの呼吸も落ち着きを取り戻し、顔色がよくなる。

彼女のコンディションを考えると、しばらく休んでから動きたいところだが、今はそんな猶予（ゆうよ）はない。

一刻も早く空中要塞を攻略し、エデルジア王都を守らなければ……。

「よし、行きましょうぜ！　姐さん！」

「ええ、行きましょう。エリスさんはしばらく体力を温存して休んでいてください」

「いえ、大丈夫ですわ。必要とあらば何発でも栄光への道を使ってみせますの」

私たち五人は覚悟を決めて、要塞の奥へと進んでいく。

エリスさんはああ言っているが栄光への道は私たちのパーティーで最も火力のあるスキルだ。

実際、魔力と体力の消耗も大きく、そう何度も使えるものではない。

エリスさんの存在は一発逆転の切り札になり得る。

だからこそ、私たちは勝つためにも彼女を守らなくてはならない。

(それに、私の直感ですが……この要塞内にはなにかとんでもない強者がいる気がします)

私は背中に嫌な汗が流れるのを感じた。

だが、ここで引き返すわけにはいかない。苦労して侵入した以上、先に進む以外の選択肢はない。

「ソアラ、さっそく敵が現れたぞ。派手に侵入したからな。当然といえば当然か」

ローラさんが通路の先を指差すと、そこには翼を持つ魔物たちがいた。

エビルホークやウィングタイガー、それにグリフォンまでいる。

どれも高難度ダンジョンに棲息する魔物たちだ。

「ま、このくらいの連中。あたしたちの敵じゃねぇよな」

胸の谷間から御札を取り出して、エレインさんは臨戦態勢に入る。

「ええ、そのとおりですね。皆さん、いきましょう！」

「任せろ。まずは私からいかせてもらうぞ」

ローラさんが一歩前に出ると、彼女は剣を抜く。

「ダルメシアン一刀流――」

刃がキラリと輝き、ローラさんの斬撃が放たれる。

「――ホワイトローズレイン!!」

白き薔薇の花びらが刃と化して舞い散るように、敵を切り裂く。

魔物たちは血を流しながら次々と倒れる。

「さすがはダルメシアン一刀流の師範代のローラさんですね。見事な剣技です」

「エリスにだけいい格好をさせるわけにはいかないからな。私も全力でいくさ」

「私も負けていられませんね」

私は収納魔法から弓矢を取り出して矢を放つ。

「一点集中……我流弓技・破魔矢轟天!!」

放たれた矢は確実に宙を舞う魔物たちの急所を射貫いていく。

なるべく魔力を温存したいので、私は弓矢を使って空中の魔物と戦う選択をしたのだ。

「おっ、弓術もさすがですね。ソアラ姐さん」

「どんな状況でも対応できるように、あらゆる武器を使いこなせるように鍛錬しましたから」

「では、あたしはこれでいきますかね」

エレインさんは御札に込められた魔力を解放する。

「――エルフ族秘伝の封魔符術（ふうまふじゅつ）・炎雷双竜（ツインドラゴン）!!」

エレインさんが放った御札から炎の龍と雷の龍が出現し、魔物たちを焼き尽くす。

彼女は常日頃から魔力を御札に溜めているので、普通の魔術師よりも使える魔力量が格段に大きいのだ。

これはエルフ族に優れた魔術師が多い理由でもある。

「すごいです～！　エレインさん」

「へっ、こんなもん序の口だぜ？　次はもっとすごいのを見せてやるよ」

「私も負けていられませ～ん！　そりゃ～！」

そしてルミアさんは獣人族（アニムス）の特有の高い身体能力を活（い）かし、その拳で次々に敵の急所に一撃を加えていく。

彼女の拳を受けた魔物は皆、声を上げる間もなく倒れていく。

……まさに瞬殺であった。

「あらかた倒しましたね。新手（あらて）が現れる前に先を急ぎましょう。無駄な戦闘はできるだけ避けたいですし……」

「そうだな。では、行こうか」

私たちは再び歩きだす。

要塞内にどれだけの敵や罠が潜んでいるのかわからない以上、油断はできない。

とにかくできるだけ消耗を避けて、空中要塞のコントロールルームに向かうことが最優先事項だ。

私たちは慎重に足を運びながらも、なるべく急いで奥へと進む。

「………」

「どうしたんですかい？　姐さん」

突然足を止めた私に、エレインさんが声をかけてくる。

「いえ、なんだか妙な気配を感じまして……。はっきりとは言えないんですけど、まるで私たちのことを見張っているような視線というか……」

上手く言葉にできないが、さっきから私たちを尾行している者がいる気がしてならないのだ。

(いったい誰でしょうか……？)

ただ、誰にせよ、この空中要塞にいる以上は敵であるはずだ。

「解析魔法！」

私は気配のする方向に、その正体を明らかにするために魔法を使う。

すると、光が弾け――そこに一人の男が立っていた。

「やはりいましたね。あなたは――」

そこにいたのは、全身黒装束に身を包んだ男性だった。

男性はフードを被っており、その顔は見えない。

だが、その雰囲気は明らかにあの人だ……。

「ゼノンさん、ですか？」

「ちっ、随分と勘がいいじゃないか。劣等聖女……」

そう言って彼はフードを脱ぎ捨てる。

露わになった赤髪、そしてその顔立ちは思ったとおりの人物だった。

「やっぱりあなたでしたか……ゼノンさん」

「お兄様に近づかないでほしいの。ソアラお姉ちゃん、ゼノンお兄様はもうこっち側なの」

私が歩み寄ろうとすると、紫髪の少女が現れ、こちらを睨みつける。

彼女の名はアスト。魔族であり、ゼノンさんの身体を魔族へと作り変えた張本人だ。

（まさかこの空中要塞はアストとゼノンさんたちが操作しているのでしょうか）

「てめぇら！　エデルジア王都を襲うとはどういう了見だ！」

「エデルジア？　ほう、僕はエデルジアにいるのか。ま、そんなことはどうでもいいがな。僕は僕を見下して、屈辱を与えたあの女に借りを返しに来ただけだ」

ゼノンさんは怒りに震えているようだった。

彼の目は以前と同じく憎しみに染まっていたが、その感情は私に向けられていない。

その瞳には別の誰かの姿が映っているようだ。

それが彼の言う「あの女」にあたる存在なのだろうか。

「……つまり今、ゼノンさんは私たちと交戦するつもりはないということですね」

「ああ、今はな」

「ゼノンお兄様は、お姉様に寄生する悪者を退治するの。お姉ちゃんたちを殺すのも面白いけど、後回しにしてあげるの」

このアストという魔族。前はゼノンさんを操っていたようだったが、今は違うみたいだ。

ゼノンさんからは強い意志の力を感じる。

「わかりました。それならば私も無駄な争いをする気はありません。私たちはあなたと戦うためにここへ来たわけではありませんから」

「劣等聖女のくせに随分と使命感に燃えたようなセリフを吐く。……覚えておけ、あの女の次は必ずお前を倒す」

強い殺気をこちらに向け、ゼノンさんとアストは再び闇の中に消えていく。

おそらく、この要塞にいるであろう「あの女」とやらのもとへ向かったのだろう。

二人の気配が完全にここから離れた……。

「あいつ、なんか雰囲気違ってなかったか？」

「そうですね～。でも、怖いのは変わりありませんでした～」

「ええ、あのとき以上の威圧感がありましたわ。おそらくゼノンさんは前よりも強くなっていますわね」

ゼノンさんの強さは、あのとき戦った皆が知っている。

憶測ではあるが、今のゼノンさんはアストに操られていない。

ゆえに以前と違って自らの意思で戦える分、手強くなっている可能性が高い。

（ですが、それならなぜアストとともに……いえ彼らも気になりますが、私たちには他にやらなくてはいけないことがあります）

「皆さん、行きましょう」

「あ、ああ、そうだな。考えるのは、生きてなすべきことを達成してからにしよう」

私の言葉にローラさんはうなずき、私たちは要塞のさらに奥へと進むことにした。


次々と行く手を阻む魔物たちと交戦し、時にはやり過ごしながら通路を走る。

要塞内部は入り組んでおり、迷路のような構造になっているので、私は頭の中でマップを描きながら進んでいた。

「しかし、面倒だな。要塞ごとぶっ壊したほうが早いんじゃねぇか？」

「いやいや～エレインさん、それはダメですよ～。要塞を破壊したことで生じる被害を考えませんと～。王都に落ちたら大惨事なんですから～」

エレインさんの過激な提案に、ルミアさんが苦笑いしながら指摘を入れる。

確かに彼女の言うとおり、空中要塞を破壊すれば王都に落下し、甚大な被害が生じる。

私たちの目的は空中要塞の破壊ではなく、王都を守ることなのだ。

「エレイン、お前はその単細胞ぶりをどうにかしろ。バカなのだから黙っておけばいいんだ」

「おい、ローラ！　誰が単細胞だって⁉　単細胞ってどういう意味だ⁉」

「エレインさん、意味もわからず怒っていますの？」

「ローラのことだ。どうせ、悪口に決まってる！」

空中に浮かぶ要塞を攻略するという緊迫した場面なのだが、仲間たちはいつものように軽口を叩き合っている。

こんな状況だからこそ、皆がリラックスできるような会話は大切なのかもしれない。

「まぁまぁ、落ち着いてください。これだけ大きな要塞が勝手に動いて飛んでいくはずがありません。きっと内部に動きを制御する装置のようなものがあるはずです」

「なるほど、そいつを壊しちまえばいいんですね！」

「いいわけなかろう。壊すのは安全な場所に移動させるなりしたあとだ」

相変わらずのエレインさんの言葉に、再びローラさんがツッコミを入れている。

だが、これでまた少し空気も和んだ気がする。

私はそんなことを思いながら仲間とともに要塞の中を進んでいく。

すると――。

「むっ、この気配は……」

「あれは……高濃度の魔力が充満しているときに生じる現象――《魔素嵐》ですね」

「魔素嵐？　なんですの？　その魔素嵐というのは」

私の言葉にエリスさんが首を傾げる。

無理もない。私も古代魔術に関する書物で読んだ知識だ。実際に遭遇するのは初めてだった。

「簡単に言えば、規格外の大きさの魔力を凝縮し、その濃度が高まりすぎて周囲の空間に影響を及ぼすのです。この現象が起きるということは、その先に間違いなくなにかあるでしょう」

「つまりその先にあるのが、ソアラ先輩の仰る制御装置の可能性が高いってわけですわね」

「はい、おそらくは。魔素嵐の中心点に向かって進みましょう」

ここから先は慎重に進まなければならない。

私たちは魔素嵐の中へと足を踏み入れる。

そこには、まるで別世界のような光景が広がっていた。

辺り一面は黒い霧で覆われており、床は赤黒く染まっている。そして、なにより目を引くのはその場に浮かんでいる巨大な球体だ。

その見た目は禍々しく、まるで地獄から出てきたような雰囲気を放っていた。

「これが……この要塞を動かしているものの正体でしょうか」

「な、なんというおぞましい魔力なのでしょう」

「こりゃあ、ちょっとヤバそうな感じだな」

「ああ、とにかく扱いは気をつけなくてはならん」

「……はい、気を引き締めていきましょう」

私たちは警戒を強めながら、ゆっくりと近づいていく。

近づくにつれて、この場に流れる濃密な魔力が肌にビリビリと伝わってきた。

一歩踏み出すたびに緊張感が高まっていく。

これは下手な対応をして魔力を暴走させたら大変なことになりそうだ。

「皆さん、後方へ下がっていてください。私がまず触れてみます」

「え〜、大丈夫ですか〜？」

「はい、問題ありません。最初に解析魔法（アナリシス）を使って扱い方を探ってみるつもりです」

「わかりましたわ。くれぐれもお気をつけくださいまし」

「はい、任せてください」

私は仲間たちにそう告げると、意を決して前に出る。

そして、目の前の球体に解析魔法をかけてみた。

だが、しかし――。

（な、なんて膨大な量の魔力ですか……）

あまりの魔力の大きさに解析魔法が弾かれて発動しない。

私の頭の中で警鐘(けいしょう)が鳴り響いた。

こんなものに迂闊(うかつ)に触れれば、とんでもないことになるのは間違いない。

(でも、このまま放ってもおくわけにはいきませんよね。なんとかして制御しないと)

私は覚悟を決める。魔力のガードが固くて発動しないなら、これでなんとかできるかもしれない。

「解析魔法四連射(アナリシスカルテット)!!」

私はもう一度、今度は同時に四つ術式を発動した。

ここまでして駄目なら、一旦撤退して対策を考えなくてはならない。

しかし――。

「あっ、反応がありました！　これならいけます！」

解析魔法は無事に効果を表し、球体を包み込むように光が降り注ぐ。

そして、光を浴びた途端に球体が輝きだした。

(頭の中にこの球体の扱い方が流れ込んできます。やはりこれが空中要塞の制御装置で間違いないみたいですね。これで王都を救うことができるはずです)

制御装置の扱い方を頭の中に刻み込み、私は仲間たちのもとへ駆け寄った。

「どうやら上手くいったようです。制御装置は無事掌握(しょうあく)できました」

「なんだって！　それは本当か？」

「ええ、まずは王都への砲撃を止めます」

　ローラさんの言葉にうなずき、空中要塞を操作して王都への砲撃を停止させた。

　これで王都への被害の拡大は防げたはずだ。

「さすがソアラ先輩ですわ！」

「おう、姐さんはやっぱすごいです！」

「やりましたね～」

「見事だな。それ以外の言葉が思いつかん」

「いえ、皆さんの協力のおかげです」

　私は仲間に感謝しながら、操作に取りかかる。

　まずは要塞を王都から離さなくてはならない。

　荒野にでも移動させて着陸させるのがいいだろう。

　その後は私たちの手で無力化させるのだ。

　だが、そのとき――。

「させないわよ。驚いたわ。まさか、この制御装置に解析魔法（アナリシス）をかけられるような奴がいるとはね。いったいどんな手品を使ったのかしら？」

　聞き覚えのある女性の声が聞こえてきた。

私たちは一斉に振り返る。

そこには美しい銀髪の女性が立っていた。

その容姿はとても凛々しく、そしてとても危険な匂いを感じさせる。

そうか、彼女だったのか。最初にここに侵入してきたときの嫌な予感の正体は……。

「クリスさん、まさかあなたがここにいるなんて」

「あら、大聖女さんが私の名前を覚えてくれていたとは光栄ね。気まぐれで魔物も寄りつかない魔素嵐の中を巡回していてよかったわ。おかげさまでネズミを処理できるもの」

彼女は不敵な笑みを浮かべ、こちらを見据える。

警戒しなくては……。クリスさんのスピードはこれまでに戦ってきた誰よりも速い。

油断すれば一瞬にして命を奪われかねない。

「――っ!?」

「へぇ、やるじゃない。前よりも素早く私の剣に反応できるなんて驚いたわ」

剣と剣がぶつかり、火花を散らす。

私はクリスさんの動きを捉え、彼女の攻撃をギリギリのところで受け止めることができた。

「エレインさん、エリスさん、できるだけ距離を取ってください。ローラさんとルミアさんも間合いには注意して、近づきすぎないようにお願いします」

私が指示を出すと、皆すぐに行動に移してくれる。

一度彼女と戦って、その恐ろしさを十分に知っているからだろう。

「……ふぅん、随分と消極的な戦い方をするのね。悪いけど、そんなんじゃ私は倒せないわよ」

「いいえ、勝つつもりです」

私はそう答えると、彼女に斬りかかる。

しかし、俊敏な動きと巧(たく)みな剣術によって、すべて避けられてしまう。

「勝つとは威勢がいいけど。身体強化(ギアラ)なしで私に剣が当てられると思ってるの？　温存しないで早く使いなさい」

「それはやってみないとわかりません」

「へえ、言うわねぇ」

「はぁあああああああああああ!!」

超身体強化術(フルバーストギア)は消耗が激しく、反動も大きいので最後の手段。今はまだ使えない。

私はありったけの力を込めて剣を振るう。

だが、それでもクリスさんにかすり傷一つ与えることはできない。

（くっ、やはり速いですね）

「遅すぎてあくびが出ちゃいそうね。ほら、こっちからもいくわよ！」

「――っ!?」

次の瞬間には私の目の前に彼女が現れて、鋭い斬撃を放ってくる。それをなんとか受け流す。

半分は経験からの勘だが、ギリギリ反応できた。

「ちっ、今のも対処できるのね。なかなかやるじゃない」

「まだまだこれからですよ。二閃……！」

私は速さに特化した斬撃を放つ。

しかし、それもあっさりと見切られてしまい、かわされてしまった。

「甘い、甘すぎるわ。そんな鈍い攻撃じゃ私は捉えられない！」

「それは……どうでしょうか？」

「──っ!?」

「ソアラにばかり気を取られすぎだ。お前はパーティーを相手にしているのだぞ」

私の剣技で誘い込まれたクリスさんの背後にローラさんが現れ、渾身の一撃を繰り出す。

「ぐっ!!」

不意を衝かれたクリスさんは、辛うじて攻撃を避けるもバランスを崩してしまう。

「──っ、小賢しい真似を！　でも残念だったわね。私はこの程度ではやられないわよ」

「てめぇには手加減しねぇぞ！　封魔符術・炎雷双竜!!　いっけー！　この野郎ぉおお！」

エリスさんが放った魔法がクリスさんを襲う。

御札から放たれた炎の龍と雷の龍が彼女を飲み込もうとした、が……。

「こんなもので！」

彼女は素早く反応すると、魔法を切り裂いた。

「嘘だろ⁉」

「わたくしもいきます！　聖なる光よ、我が敵を貫け（つらぬけ）。聖なる豪雨（ジャッジメントレイン）」

「──っ⁉　あぁっ！」

続いて、対応に追われるクリスさんの隙を衝いて、エリスさんが強力な光の雨を降らせる。

この魔法は聖女のみが使える魔法で、攻撃の及ぶ範囲が広い。

さすがのクリスさんも避けきれず、ようやくダメージを与えることができた。

「くっ……この程度、大したことないわ」

クリスさんの受けた傷は確かに浅い。

でも、ダメージを受けたことに少なからず動揺しているみたいだ。

（彼女はおそらくまだ実力を隠しています。ならば全力を出される前、優勢なうちに勝負を決めるのが賢明ですね）

「ルミアさん！」

「はいは～い！　お任せくださ～い！」

私の声を聞いて、ルミアさんは一直線にクリスさんに向かっていく。

そのスピードはまるで疾風（はやて）のようだ。

「魔法も使えない獣人族（アニムス）が丸腰で私に攻めかかってくるとはいい度胸じゃない。切り刻んであげるわ」

「うりゃあっ！」

「えっ――？」

クリスさんは剣を構えて殺気を放つが、ルミアさんは床を思いきり殴りつけて破壊する。

その衝撃で起こった地割れのような亀裂に足を取られ、彼女は体勢を崩す。

「なっ!?」

「ここで決めます！　超身体強化術（フルバーストギア）！」

私は自らの身体能力を飛躍的に向上させる。

そして、一瞬にして彼女の懐（ふところ）に入り込み、トドメを刺そうと剣を振るった。

「――くっ！」

「まさか、これも受け止めますか。しかし、今回はこのまま押し切らせていただきます」

「速い……、そして重いっ……」

私はさらに力を込める。

やはり身体強化を施（ほどこ）している間は、私のほうが速さも力も彼女より上回っているようだ。

「なっ!?」

「これで終わりです！」

私は力を振り絞り、ついに彼女を弾き飛ばした。

「ぐぅううっ!!」

クリスさんは吹き飛ばされながらも、なんとか床に叩きつけられることなく着地するが、苦しそうな表情を浮かべている。

「我流・乱れ桜」

私はすかさず追撃した。

不規則な動きでフェイントを交えつつ放つ音速を超える斬撃で、勝負をつけようとする。

（――っ!? どうして背筋が寒く――）

「魔剣・氷狼ノ爪牙」

刹那、クリスさんの剣から冷気が溢れ出し、瞬く間に巨大な爪のような形に変化する。

そして、それは私に襲いかかってきた。

「――なっ!?」

咄嗟に反応して、剣で防ごうとするが、間に合わない。

強力な冷気の牙はたちまち私の右腕を凍らせてしまう。

「しまった！」

「形勢逆転ね。魔剣・雷虎ノ顎」

今度はクリスさんの剣から雷電を帯びた巨大な虎の形をした魔力が現れる。

「くっ……！」

「これで終わりよ」

高電圧の虎の鋭い牙が襲い来る。

なんという速さと威力。魔法と剣技をまったく同時に融合させて使うなんて。

「我流・天翔乱舞」

私は咄嗟に空中に飛び上がる。

そこから、無数の斬撃を放ち、なんとか攻撃の威力を相殺しようとするが……。

（くっ、すべてを防ぎきれない！）

「きゃあああっ!!」

激しい電撃を受けて、私の全身を激痛が走る。

「避けきれないと判断して攻めに転じた勘のよさは褒めてあげる。でも、残念だったわね。魔剣はあの御方から頂戴した私の宝物。あなた如きに打ち破れる代物じゃないわ」

床に身体を打ちつけて倒れている私に、クリスさんは勝ち誇る。

まずい。このままではやられてしまう。

どうにかして反撃しないと……。

「ほら、どうしたの？　早く立ちなさいよ。それとももう諦めたのかしら？」

「………くっ」

「ふっ、どうやら目は死んでないけど動けないみたいねぇ。なら、トドメを刺してあげるわ」

「ソアラをやらせはせん！」

今まさに、私の首が落とされんというそのとき、ローラさんの剣がクリスさんを襲う。

だが、それも易々と受け止められてしまった。

「ちっ、邪魔ね。あなたには魔剣を使うまでもないわ」

「なんだと！　うぐっ！」

クリスさんはローラさんを一瞬で切り伏せる。

彼女はそのまま地面に倒れ込み、動かなくなってしまった。

「ローラさん！」

「さて、今度こそ――」

「栄光への道（シャイニングロード）、ですの！」

クリスさんの意識が再び私に向いたタイミングで、エリスさんが瞬間移動（テレポート）で彼女の懐に入り――最高出力の光属性の魔力を叩き込もうとする。

「魔剣・魔刃斑鳩（まじんいかるが）！」

クリスさんもすかさず反応し、剣を二度振ると無属性の魔力による巨大な爪を作りだし、それを交差させるようにしてエリスさんの攻撃を防いだ。

（Sランクスキルの技による攻撃をこうも簡単に!?）

「そ、そんな！　わたくしの栄光への道（シャイニングロード）が……」

「へぇ、さすがはSランクスキルね。至近距離からだとさすがに私でも相殺しきれずにダメージを受けてしまったわ」

ダメージを受けたというクリスさんの鎧(よろい)には、確かに微細な傷がついている。

しかし、それは大した痛手ではないようだ。

「大聖女さんを守りたいがために、転移魔法で至近距離まで近づいたのは悪手ね。あなたじゃ私の剣を防げない」

「あっ――」

次の瞬間、クリスさんの剣がエリスさんを狙い、振り上げられる。

転移魔法を使うにも、魔力を集中させるのに時間がかかる。

(だ、ダメです！　間に合いません！)

「ふざけんじゃねぇ！」

「みんなをやらせませ～ん！」

しかし、エレインさんの魔法とルミアさんの拳が、彼女の剣を弾いた。

距離を取っていた二人だが、私たちのピンチを救おうと前に出てきてくれたのだ。

「へぇ、まだ逃げずに刃向かってくるとはいい根性してるじゃない。少し驚いたわ」

「けっ、余裕ぶっこいてられるのも今のうちだぜ。あたしたちは絶対に負けない！」

「悪いけど、頼みの綱の大聖女さんが倒された今、あなたたちに勝ち目はないわよ」

エレインさんとルミアさんを見据える彼女は、微塵も動揺していない。

私たちの戦力の消耗具合を分析して勝利を確信している。

（ですが、その分析が正確とは限りませんよ）

「勝ち目がない？　貴様は私たちを舐めすぎている。ダルメシアン一刀流奥義・レッドローズライジング」

「えっ!?」

突然、立ち上がったローラさんが、背後からクリスさん目掛けて剣技を繰り出す。

上手い。彼女は完全に油断していた。

「ちっ――」

クリスさんは間一髪で避けるものの、その頬には赤い血の線が滲んでいる。

さすがはローラさん。転んでもただでは起き上がらない。

「気絶したフリにこうもあっさり引っかかるとはな。貴様の慢心ぶりは命取りになるぞ！」

「またしても小賢しい真似を……。もういいわ。お望みどおり本気であなたたちをまとめてあの世に送ってあげるわ」

彼女の言葉に苛立ったのか、クリスさんは再び剣を構える。

（まずいです。嫌な感覚が何倍にも増幅しました）

「皆さん！　私のことはいいので逃げてください!!」

「やっぱり勘がいいのね。でも、もう遅いわ。魔剣奥義・炎神ノ焔牙（えんじんのきば）」

そう高らかに叫ぶと、振り上げられたクリスさんの剣から凄まじい勢いで火炎が放出された。

「きゃあああっ!!」

「ぐぅうぅっ!!」

「あぁあっ!!」

「くっ……！　うわぁっ！」

剣を振り上げただけだというのに、この威力。

その熱風に、四人まとめて吹き飛ばされてしまう。

そして、そのまま地面に叩きつけられた。

「くっ……、皆……大丈夫か……？」

「は、はい……なんとか……」

「私も平気ですわ」

「……………痛いです～」

どうやら、全員まだ無事のようだ。

しかし、彼女の攻撃はまだ始まってもいない。

あの剣が振り下ろされたとき、私たちの全滅は確定する。

「消し炭にしてあげる。さようなら」

――そして、冷酷な声が耳に届き、その剣が振り下ろされた。

「闇鴉ノ爪」

「――っ!?」

だがその瞬間、漆黒に染まった剣がクリスさん燃え盛る剣を受け止める。

まさか、ここにきて、この人に助けられるとは思わなかった……。

夜の闇よりも深いあの黒色を、私はよく覚えている。

「どうしてあなたがここにいる？　ゼノン！」

「決まってる。お前、この僕を見下しただろ？　その借りを返しに来たんだよ」

歪んだ笑みを浮かべながら、ゼノンさんはさらに力を込めてクリスさんを押し返した。

その力が意外だったのか、彼女の表情に焦りが見える。

「くっ！　舐めるな！　魔剣・魔刃斑鳩！」

しかし、クリスさんも負けてはいない。

すぐに体勢を立て直すと、今度は無属性の魔力を纏わせた剣で切りかかっていく。

「それはさっき見たよ。悪いが僕のこの翼は前よりも硬くなってるんでね」

「なんですって――」

だが、ゼノンさんはなんなくそれを黒い翼で受け止め、逆にクリスさんに剣で反撃する。

すごい。以前に戦ったときより明らかに彼は強くなっている。

「くっ、こんなところであなたに構っている暇はないわ」

「生憎だがあいつにも返さなきゃならない借りがあるんだ。だから、劣等聖女をお前なんかに殺させはしない」

「なら、あなたから先に殺してやるわ」

「ようやくその気になったか。倒されるのはお前だけどね」

こうして、二人の戦いはさらに激化した。

剣と剣が、魔剣と漆黒の翼が、ぶつかり合い火花を散らす。

どちらも本気で互いの命を刈り取ろうと、容赦なく急所を狙っていた。

(とんでもない戦いです。ですが、若干クリスさんが押しているように見えます)

正直、私も戦いに加わりたいところだが、今は身体を動かすことができない。

なので、私はただひたすらに回復魔法を自身にかけ続ける。

「ソアラ様〜、薬草も使ってください〜」

「ありがとうございます。ルミアさん……」

幸いなことに、私以外はそこまでの深手は負っていない。仲間たちはなんとか立ち上がることができたみたいだ。

もう少し動けるようになったら、私たちも戦える。——そんな希望が見えた矢先だった。

「硬さには驚いたけど、スピードはお粗末ね。それなら、どんな防御も意味をなさない攻撃をすればいい」

「なんだと!?」

「魔剣奥義・夢幻ノ雷鳴」

それは一瞬の出来事。

まるで時が止まったかのように、二人は動かない。いや、動いていないように見えた。

あまりにも速すぎる、目にも留まらぬ雷撃と斬撃。

私が気づいたとき、ゼノンさんは膝をつき、口から血を吐いていた。

「ごほっ……、な、なんで、この僕が……」

「あなたが私よりも弱いからよ。魔王軍でおとなしくしていたら、幹部くらいにはなれたのにバカね。いや、バカなのはアスト、あなたかしら?」

クリスさんの視線の先には、地面に倒れているゼノンさんに寄り添う形で姿を現したアストがいた。

「人間のくせにアリシアお姉様の側近なんて間違っているの。お姉様を誑かす悪い虫はゼノンお兄様に退治されるべきなの」

「またその話? アリシア様は私を買ってくださっている。妹君のあなたがなんと言おうとそれは変わらないわ」

「黙れなの! お父様も言ってたの。人間は信用しちゃダメだって! 人間のせいで魔界は滅

の！」

茶苦茶になって、魔族たちは居場所を失ったの！　そんな奴らを信じるなんてどうかしている

アリシア？　魔界？　二人はなにを言い争っているのだろうか。

もう少しで動けるようになるまで回復しそうなのだが、なんとか時間を……。

「残念だけど、アスト。これは立派な任務妨害。アリシア様は邪魔する者は誰であろうと粛清するようにと仰ったわ。つまり妹君であるあなただろうと容赦しないわよ？」

ダメだ。あの殺気を孕んだ冷たい声色に、私は覚悟する。

クリスさんはこれから、この場にいる全員を皆殺しにするつもりだ。

「そ、そんなのお姉様が許すはずがないの……。私の知ってる優しいお姉様ならきっと……」

「悪いけれど、アリシア様の命令は絶対。だから、ここでさよならね。魔剣・魔刃嵐舞」

その言葉とともに、無数の魔力を帯びた斬撃が私たちを襲う。

避けようとしても、今の私たちでは逃れられない。

しかし、その攻撃は私たちに当たることはなかった。なぜなら——。

「勝手に終わらせるんじゃない。こいつに強化された僕の身体はこれくらいでどうにかなるほどヤワじゃないんでね」

アストを庇うように黒い翼を広げて、ゼノンさんはクリスさんを睨みつける。

今のは凄まじい威力の攻撃だった。

その証拠に、ゼノンさんは全身におびただしい量の傷を負っている。

「ゼノンさん！」

「おいおい、気安く僕の名前を呼ぶなよ。劣等聖女に自分の名を口にされると寒気がする」

「でも、どうして私たちを助けてくれたんですか？」

「ふんっ、お前たちを助けたわけじゃない。僕は僕のために動いただけだ」

そう言い残して、ゼノンさんはクリスさんに向かって突進する。

まるで隙だらけ。あれではクリスさんに簡単に斬られてしまうだろう。

しかし、次の瞬間、私は信じられないものを見た。

「な、なんのつもり……？」

「ようやく捕まえたぞ。魔剣士！」

なんとゼノンさんは彼女が振り下ろした剣を両手で摑み、受け止めていたのだ。

「こんなことして、なんになるっていうの？　放しなさい！」

「くく、嫌がらせはできるだろ？　それに……クソガキ、さっさと逃げる準備しろ！」

「ゼノンお兄様？」

「お前なら僕をこの女よりももっと強くできるだろ？　次は確実に勝つためにも早くしてくれよ？」

「わかったなの。……お兄様」

どこか切なげで、穏やかな顔をしてアストに語りかけるゼノンさんに、アストもまた笑みを浮かべながら答える。

（いったいなにが起きているのでしょうか？）

二人の会話の意味がよくわからない。この二人はどんな関係性なのだろうか。

「劣等聖女、お前はいつからこんなに消極的になったんだ？　猪口才な器用さだけが取り柄のクセして、それも出し惜しみしてたら、いよいよ器用貧乏なだけの雑魚に成り下がるじゃないか？」

「ゼノンさん……？」

「温存やら小難しいこと考えずに、うざいくらいでしゃばれよ。そうすれば、凡庸で鈍臭くてダメダメなお前でも少しはマシに見えるだろうよ」

「――っ!?」

それは、今の私にとって最も欲しかった言葉だったのかもしれない。

いつものように上から目線で、尊大な口調だったが、ゼノンさんの目は見たこともない輝きを湛えていた。

「最期の会話は終わったかしら？　刺し違えるつもりなのか知らないけど、私の武器はそれだけじゃないのよ」

「――っ!?」

クリスさんは剣を手放して懐から赤い刀身のナイフを抜く。

そして無慈悲に彼を貫いた。

「ぐふっ……」

「ゼノンさん!!」

ゼノンさんは口から青い血を吐き出しながらもニヤリと笑う。

それは余裕の表れだろうか？　それとも観念した証(あかし)？　いや、違う……。

彼の視線の先にいるのは私だった。

私と目が合うと、彼は不敵に笑ってみせる。

（覚悟を決めるしかありませんね）

彼のその笑みが意味することは一つしかない。

「剣は返してもらうわよ。少しは楽しませてもらったわ。それじゃあ、あの世で――」

「極大火炎弾五重奏(メテオノヴァクインテット)！」

ようやく立ち上がった私は、魔法を放つ。

その五つの火炎弾は熱く燃え盛りながら、流星の如(ごと)くクリスさんを飲み込もうとした。

「なっ!?」

完全に油断していたクリスさんは咄嗟に回避しようとするが、それでも防ぎきれずに足に一発被弾する。

「くっ、この程度でこの私が怯むとでも思っているのかしら？」

「思っていませんよ。本番はこれからです。——超身体強化術！」

私は再び身体能力を飛躍的に高めるスキルを自分に施した。

ここでクリスさんを倒す。もう、私は躊躇しない！

「聖槍・天撃！　四重奏」

神々しい光の槍が四本出現し、クリスさんへと迫る。

「この程度の攻撃で私を倒せると思っているなんて、やっぱりあなたはバカね。魔剣・魔刃嵐舞！」

彼女は私の魔法を迎撃しようとするが、それは陽動。

強化された私のスピードは魔法よりも速く、彼女の死角に回り込む。

「なにを——」

「はあああっ！」

「くぅ！」

クリスさんは辛うじて反応したが、防御は間に合わずに肩を切り裂かれる。

だが、これで終わりではない。

「岩砕破風斬！　極大火炎弾！　二重奏！」

「くっ……、なに？　この目にも留まらない、スキルの波状攻撃……」

間髪（かんはつ）を容（い）れず追撃を仕掛けると、彼女は面食らってはいるが、なんとか対応してくる。

しかし、先程までの余裕は感じられない。

「どうして？　どうしてまだこんなに動けるの？　明らかに私よりも才能で劣る人間のはずなのに……」

クリスさんは戸惑（とまど）っていた。

おそらく、彼女のほうが私よりも強い上に才能もある。

だが、ゼノンさんの言うとおり、私にだって取り柄はあるのだ。

それがこの多重スキル同時使用（アンサンブル）。

生来の器用さを磨いて、下に貧乏なんて言葉がつかないように、と様々なスキルを同時に使用するという私の特技だ。

「我流・乱れ桜！　氷狼召喚（アイスフエンリル）！　炎雷覇光（フレイアスパーク）！」

「くっ……、手数が多い上に、身体強化されて……、ありえないくらいに動きが速い……、この子のポテンシャルはどれだけの――!?」

本来、私の戦闘スタイルはとにかく手数で押すものだ。

しかし、超身体強化術（フルバーストギア）を使うと、その反動を恐れて手数が控えめになり、無意識に勝負を急ぐあまり、力で押し切る戦い方になってしまっていた。

ゼノンさんはそれを指摘してくれたのである。

「我流槍術（そうじゅつ）・連槍撃（れんそうげき）！　雷帝砲八重奏（ライジングキャノンオクテット）！」

「ちっ……、こんな、人間に……、この私が……！」

私はリーチの長い槍で間合いを取りながら、魔法を連射する。

徐々に押され始めたクリスさんの表情には、さらに焦りの色が濃くなり始めていた。

「いいわ！　これで終わらせてあげる！　私の全魔力をこの剣に集中させて――」

「こ、これは!?」

クリスさんは自分の持っていた剣を両手で握り締める。

すると、剣に膨大な量の魔力が集まりだした。

いや、魔力だけでなく生命力さえも燃やしているように見える。

間違いない。クリスさんは本当にこれで決着をつけるつもりなのだ。

「さっきまでの一撃と同じだと思わないことね。剣に込める魔力と生命力に比例して、私の魔剣は威力を増すのよ」

「…………」

「この一撃は絶対に外さない。だから、あなたも全力を出しなさい。じゃないと後悔するわよ。……守りたいモノがあなたにもあるんでしょ？」

私は黙って槍を構え直す。

そろそろ決めないと、どんなに頑張っても、あと一分、超身体強化術（フルバーストギア）を維持できるかも怪しい。

全身全霊を賭した一騎討ちはむしろ望むところだ。

（クリスさんの言うとおり私には守るべき仲間たちがいます！　負けるわけにはいきません！）

「「勝負!!」」

次の瞬間、私たちは同時に駆けだす。

温存なんて考えない。次の戦いのことなんてどうでもいい。

今ここで、私は私自身にあるものを全部出しきる。

「魔剣奥義・夢幻ノ雷鳴!!」

「我流槍術奥義・百閃煉魔!!」

――奇しくも二人の切り札はスピードに特化した超速の秘技だった。

百閃煉魔は本来は突きに特化した槍の奥義である。

私はただひたすらに目の前にいる敵を倒すことだけを考えて、この技に自分の運命を委ねた。

すべてを懸ける覚悟で。

「はあああっ!!」

「やあああっ!!」

クリスさんと私の得物がぶつかり合う。

拮抗する力と力。

激しい衝突音が轟き渡り、全身に痛みを感じるが、そんなことは気にしていられない。

(手応えはありました。クリスさんは私以上に技の直撃を受けたはずです)

極限まで高めた身体能力から放った百閃煉魔の威力はクリスさんの技によって多少相殺されたとしても十分なダメージを与えられたはず。

そう。強靭な身体を持つ魔族ですら、無事では済まない破壊力なのだ。

ましてクリスさんは人間。これを受けて無事でいられるはずがない。

なのに、なのにどうして彼女は――。

「負けない！　私は、負けられないのよ！　私が私であるために！　私はアリシア様の右腕として生きていくの！」

なんという執念。なんという精神力。私の限界を超えた一撃を受けてもなお、クリスさんは倒れなかった。

それどころか刺すような殺気はさらに鋭くなって、彼女は必死の形相でこちらを見据える。

まさかここまでとは。彼女ほどの人が心酔している魔王とはいったいどんな人物なのだろうか……。

とにかく私も迎え撃つ準備をしなくては。だが、体力はもう限界。

(ダメです。戦おうにも私には――)

魂の強さが肉体の限界を超えて、クリスさんを奮い立たせている。

私もそれに応えなくてはならない。もう一度、決着をつけるために武器を振るわなくてはならないのだ。

俯いてはならない。あの気高い好敵手から目を背けては——。

「——くっ、どうして？　もう、指一本動かせない……」

「え、クリスさん？」

私が急いで槍を構えようとしているうちに、クリスさんはその場に倒れ込んだ。

悲壮感が漂うような言葉を残して、意識を閉ざしたのである。

（勝てた、のでしょうか？　あのとんでもなく強かったクリスさんに、私は……）

勝利という言葉に実感が湧かない。

彼女の殺気によって心臓を鷲掴みにされている感覚がなおも抜けないからだ。

「うっ……」

足の力が抜けてしまい、そのまま膝をつく。

魔剣士クリス、間違いなく彼女は最強の敵手だった。

彼女から感じられたのは強い信念。

それは私たちが持っているそれとは別のベクトルというだけで、尊いものであることに変わりはないのだろう。

だからこそ、それを打ち砕いた私の心はいたたまれない気持ちで満たされていた。

「クリスさん、すみません……。あなたは本当に強かったです。私はその強靭な精神を決して忘れません」

こうして、私とクリスさんとの戦いは終わった。

倒れている彼女に対して私は辛うじて膝をついて意識を保っているが、全身の骨がバラバラになったと錯覚するくらいの痛みに襲われている。

今、これ以上戦えと言われてもまともに立っていることすら無理だろう……。

「ソアラ姐さん、手を貸しますよ。立てますか？」

「ありがとうございます。ううっ……」

私はエレインさんの手を借りて、フラつきながらもなんとか立ち上がる。

やはり全身が痛い。動くと痛みがさらに増すような気さえして意識が飛びそうだ。

「ソアラ、身体が辛いのはわかるが、要塞を動かすことはできるか？」

「え、ええ、ローラさん。大丈夫です。……うう、くっ――」

「全然大丈夫ではありませんの。少し休んだほうが」

「ソアラ様～、これ痛みに効く薬草で～す」

心配してくれる仲間たちに感謝しつつ、受け取った薬草を口にする。

まだ身体が重い。当たり前だが全快には程遠いみたいである。

だが、そんなことを言ってはいられない。

私たちは急いで、空中要塞の制御装置のもとへと向か――。

じた。

「――っ!? こ、この魔力は……」

その気配に触れただけで腰を抜かして、へたり込んでしまいそうなほどの圧倒的な魔力を感じた。

これは、いったい……！ 信じられない。こんな力がこの世に存在していたなんて。

「クリス、可哀想に。まさかあなたが負けて、こんなに傷だらけになるとは思わなかったわ」

「あ、アリシア様……も、申し訳ございません……、私が不甲斐ないばかりに……、くぅ！」

現れたのは、アストとそっくりな金髪の少女だった。

黒いフリルのついたドレスを身に纏っている。

「クリス、喋らないで。今はゆっくり休みなさい」

彼女はクリスさんのそばまで歩いていくと、優しい笑みを浮かべながら頬を撫でた。

見た目は本当に小さな女の子にしか見えないのに、呼吸するのすら困難になるほどの凄まじい魔力は明らかにあの子から放たれている。

そう認識すると、私の身体が震え始める。

これまでに感じたことのない恐怖。勝てないと直感してしまった。

今の私たちでは、あの少女には決して敵わないと。

「で、クリスを虐めたのはあなたたちね。私も暇ではないし、早く終わらせてあげる」

「……………」

「あら、返事がないわね。まあいいわ。じゃあ、いくわよ？」

彼女が右手を前に突き出すと、一瞬でそこに巨大な闇の塊が現れた。

──力の規模があまりにも大きすぎる。

あれで容赦なく私たち全員を消し飛ばすつもりだ。

「あれ？　変ねぇ、外しちゃったわ」

しかし、彼女の攻撃は私たちには当たらずに、背後にあった壁を吹き飛ばした。

おそらく、制御装置の魔力とアリシアの魔力によってさらに強力な魔素嵐が生じて、彼女の視界が歪んで狙いが定まらなかったのだろう。

「もう、面倒臭いわね。こうなったらまとめて吹き飛ばしてやるわ！」

「ふざけるな。魔王！」

「えっ？」

次の瞬間、倒れていたはずのゼノンさんがいつの間にかアリシアの背後に立っていた。

そして、彼は剣を振り下ろす。

「ああ、あんたもいたの？　アストの作った哀れなお人形だったっけ？」

「──がはっ！」

しかしアリシアが手をかざしただけで、ゼノンさんは吹っ飛ばされてしまう。

彼は今、あの少女を「魔王」と呼んだ。

確かにあの人智を超えた力を見てしまった以上、否定はできない。

そうか、彼女が私たちの倒すべき目標……。

「まったく、いらない時間をかけちゃったじゃない」

「あ、アリシア様……、はぁはぁ、こ、これ以上の時間は……」

「ええ、わかってるわ。まったく地上だと動ける時間が少なすぎて、嫌になっちゃう」

アリシアはため息をつくと、こちらを見て微笑む。

それは凍てついた、冷たい笑みだった。

その笑顔を見ただけで、私の心は恐怖に支配されそうになる。

ダメ、ここで心を折られてはいけない。

私がやるべきことはただ一つ、最後まで屈することなく生き延びることだ。

「ねえ、あなた。ソアラっていったかしら？　あたしのクリスに勝てる人間がいるとは思わなかったから、少し驚いたわ」

「……………」

「でも、このあたしがいる限り、所詮それは無駄なあがきよ。あたしはこの世界の誰よりも強いんだから。それこそ、神だって殺せるくらいに」

直接頭に響き渡っているのかと錯覚するほどに透き通った声が聞こえてくる。

「……………」

怖い、逃げ出したい、膝をついて許しを請いたい。

そんな気持ちでいっぱいになるが、歯を食いしばって必死に耐える。

「あら、やる気なの？　そんなにボロボロで。……クリスを倒しただけあって面白い子ね」

彼女の言葉が届くのと同時に、制御装置が爆発を起こした。

どうやら、アリシアが超圧縮された魔力の塊をぶつけたらしい。

要塞はガクンと傾き、ゆっくりと高度を下げていくような感覚に襲われる。

このままでは墜落してしまう。

「さて、アストは……。あら、もう逃げちゃったのね。人形と一緒に。逃げ足が早い子ね」

いつの間にか、アストとゼノンさんの姿が消えていた。

どうやら二人はここから離脱したらしい。

「あんたたちも運がよかったわね。あたしに時間があったら、捻り潰してあげたけど、そろそろ帰らなきゃいけないのよ」

「ふ、ふざけないでください！」

「この落ちゆく要塞から運よく脱出できたら、また勝負してあげる。帰るわよ、クリス」

「は、はい……、アリシア様……」

私たちは、アリシアたちが転移魔法を使って去っていくのを黙って見ているしかなかった。

威圧感に押し潰されそうになり、身体を動かすことができなかったのだ。

「……そ、そうだ。皆さんは？」

彼女たちの姿が見えなくなった後、ようやく呼吸が楽になり仲間と顔を見合わせる。

私の傍ら(かたわ)ではルミアさんが優しい笑みを浮かべていた。

「ソアラ様〜、大丈夫ですか〜？　怖い女の子でしたね〜」

「ええ、恐ろしい相手でしたが、今はそれどころではありません」

「このままだと王城の上に要塞が落ちてしまう。……ソアラ、なんとかできるか？」

「制御装置が壊れているので、どの程度の操作ができるかわかりませんが、できるだけのことはやってみます」

まだ痛みはあるが、弱音を吐いている場合ではない。

急いで制御装置に触れて、要塞を上昇させようとする。

だが、反応はない。

おそらく、先程の衝撃で故障してしまったのだろう。ならば――。

全速力で王都から空中要塞を引き離すしかない。

「全速前進です！　振り落とされないように注意してください！」

私が叫ぶと、仲間たちはうなずいてこちらを見守る。

（なんとか間に合ってください。どうかお願いします）

祈りを込めて制御装置に触れて、命令を下した。

すると、空中要塞は少しずつ速度を上げながら王都から離れていく。

よかった、どうやら最低限の機能は生きているようだ。

これで一安心といきたいところだけど、今はそんな余裕もない。

なぜなら、要塞は変わらず落下し続けているのだから。

「くっ、このままじゃ墜落しちまうよ！」

「エレインさん、落ち着いてください！　王都への被害は食い止められたのです！　脱出する方法を考えましょう！」

「はい！」

焦っても仕方がない。

今は自分にできることを全力でやるだけだ。

この速度で落下した場合、無事でいられるかどうかは微妙なところ。

衝撃によって制御装置が爆発しないとも限らない。

そうなれば、おそらく全員の命はないだろう。

「――っ!?　うう、こんなときに反動が……」

そのとき、私の全身の筋肉が悲鳴を上げた。

さすがに超身体強化術（フルバーストギア）と百閃煉魔（ひゃくせんれんま）の併用は無理しすぎだったらしい。

「ソアラ様～！」

「ソアラ！」

「ソアラ先輩、お気を確かに……！」

皆の声は聞こえるが、意識が急速に遠のいてしまう。

(ダメです。ここで気絶してしまうなどあり得ません)

必死に自分を奮い立たせるが、限界を超えた肉体は言うことを聞いてくれない。

それでも私は諦めずに、最後の力を振り絞って意識を保とうとする。

考えなくては、無事に帰る方法を……。明日、仲間たちと笑い合うために。

「うふふふ、ソアラちゃん。大分、無理しているみたいねぇ。懐かしいわぁ、昔の妾に似てるものぉ。アリシアの魔力を感じて来てみたらぁ、大ピンチじゃなぁい」

「ば、ババア！　じゃなくて、お祖母様！」

エレインさんの大きな声を聞いて、目を見開くと……なんとフィーナ様が立っていた。

どうやってここまで来れたのかはわからないが、私たちを助けに駆けつけてくれたらしい。

しかし、今の私にはそれに驚くほどの余力は残っていなかった。

「フィーナ……さ、ま、すみませ、ん……」

「ううん、あなたはよくやったわぁ。ソアラちゃん、後は任せて休みなさぁい。とりあえずここを出ましょうかぁ。それぇい！」

私たちにとっての最大の危機は、こうして呆れるほどあっさりと脱することができた。

フィーナ様の目が琥珀色に輝いたと思った瞬間、私たちの目の前の風景は様変わりしていたのである。

だだっ広い荒野を見つめて安心した瞬間、私の意識はそこで途切れた。

◇（クリス視点）

アリシア様の前で醜態を晒すとはなんたる屈辱。

しかも、よりによって同じ人間の女に不覚を取るとは……。

「あ、アリシア様、申し訳ありません。わ、私は、ごほっ、ごほっ、与えられたご命令も、果たせずに……」

「いいわよ。別に。一度の敗北は一度の勝利で補えばいいんだから。……それよりも、あなたが生きていて本当によかったわ」

アリシア様に抱き締められ、優しく頭を撫でられる。

その感触に心が安らぎ、同時に悔しさが込み上げてくる。

「で、ですが、ま、負けて、しまいました。あ、アリシア様のお役に立てません、で、した。こ、こんなにもごほっ、ごほっ、弱い自分が情けない、です」

「そうね。あなたは弱いわ。ううん、あたしにとってはどんな奴も等しく弱者よ。だから、あなたは弱いなりに強くなればいいの。あたしのためにね」

優しい声で語りかけてくれるアリシア様の言葉を聞き、涙が出そうになる。

(ああ、なんて慈悲深い方なのだ。この方は私のすべてを受け入れてくださる)

やはり私が忠誠を誓って悔いのないのは、紛れもなくこの方ただお一人だ。

誰よりも強く、そして美しい。

「で、では、どうすれば、ごほっ、ごほっ、もっと、強くなりたい、です。どうか、ご指導、お願いします。もう二度と、ごほっ、ま、負けたくないんです」

「ええ、もちろん。あなたはもう負けない。また力を分けてあげるわ。身も心も全部あたしで染めてあげるから、覚悟なさい」

アリシア様の唇が私の唇を塞ぐと、口の中に甘い蜜のような液体が流れ込んでくる。

それを飲み込むたびに身体の奥底から力が湧き上がってきた。

全身の細胞が生まれ変わり、新しい力を得ていく感覚があった。これがアリシア様の力か……。

「……んっ、んんっ」

唾液を交換しながら舌を絡め合う濃密なキスを交わす。

互いの体温を感じ合い、溶けてしまいそうなほど気持ちがいい。まるで恋人同士のように愛を交わしている気分だった。

「ぷぁっ！　はぁっ、はぁっ……」

長い時間をかけ、アリシア様はゆっくりと私の唇から離れていった。

離れていく彼女の唇との間に透明な糸を引き、それがまるで銀糸のように輝いている。

「どうかしら？　もう、傷は癒えた？」

「はい。おかげさまで元気になりました」

先程まで感じていた痛みは完全に消え去っていた。

これならあのソアラにも負けなどしない。いや、今度こそ勝つ。

「ふふっ、それじゃあ、続きをしましょうか。今度はあなたの可愛い声を聞かせてちょうだい」

そう言って再び私を求めてくださるアリシア様。

なぜ、彼女がここまで私によくしてくれるのかはわからないが、今はただ彼女に尽くすだけだ。

その後、私は夜が明けるまで何度も絶頂を極めさせられ続けた。

私は快楽を得るごとに強くなる。そんな不思議な確信を抱きながら……。

◇（ゼノン視点）

もはや、僕はなんのために生きているのかすらわからない。

どこから狂ってしまったのか、思い返すのもバカバカしい。

僕は勇者だ。才能もあった。仲間にも恵まれていたはずだ。

なのに、いつの間にか劣等聖女と蔑（さげす）んだ女に差をつけられ、あまつさえ助けられるという屈辱を受けた。

「あれ以来、僕の中で何かが壊れてしまったのかもしれない……」

身体を魔族へと変えて、力を得てもなお僕は敗北した。

劣等聖女だけでなく、魔剣士クリスとかいう、人を見下すような目つきをした、いけ好かない女にさえ……。

「もう、アリシアお姉様のところに帰れないの」

「……知るかよ。それがどうした」

僕を魔族の身体に作り変えた張本人、魔王アリシアの妹であるアストは悲しげに呟く。

この女はアリシアがクリスを側近として置いているのが気に食わないらしく、なんとかして排除したいらしい。

そこで僕をクリスにけしかけ、結果アリシアの奴の逆鱗（げきりん）に触れたんだそうだ。

「さっさと僕を強くしろよ。あの魔剣士より、劣等聖女より強い存在にしてみせろ」

「えっ？」

「さっきの約束は嘘なのか？　まさかお前、反故（ほご）にする気じゃないだろうな」

僕の言葉を聞いた瞬間、アストの顔色が変わる。

彼女は僕のことを『強くできる』と言った。ならば、その約束は守ってもらう。

「わかったなの。お兄様が望むなら、やってあげるの。でも、これ以上の改造をしたら、ゼノンお兄様の身体が保たないかもしれないよ？」

不安そうに見つめてくる少女。だが、僕には関係ないことだ。

もはや僕には失うものはなにもない。

ただ、力が欲しい。誰にも馬鹿にされないだけの力が欲しい。

そのために必要だというのなら、どんな苦痛にも耐えてみせる。

どんなに愚かで、馬鹿なことでも成し遂げてやる。

「かまわん。早くやれ」

「う、うん。わかったの。お兄様、ありがとうなの。アスト、頑張るの」

そう言うと、アストは僕に向かって手をかざす。

すると、全身から焼けるような熱さが込み上げてきた。

「うぐ、ぐあああっ！」

「我慢してほしいの。ちょっとの時間で終わるの」

あまりの激痛に叫び声をあげるが、それでも歯を食いしばって必死に耐える。

これしきの痛みで断念などしてたまるか！　絶対に、僕はもっと強くなってみせる。

「んっ、んん、ちょっ、ちょっとの時間ってどれくらいだ？」

「準備にあと七十二時間、改造に二百時間くらいなの」

「なっ!? そ、そんなにかかるのか。ぐっ、ぐあああああ!!」

ありえない答えを聞かされ、気が遠くなりそうになるが、それと同時に全身からさらに激しい痛みが生じる。

もう、無理だ。意識が飛びそうになるが、ギリギリのところで踏みとどまる。

「だ、大丈夫なの！　きっとゼノンお兄様なら耐えられるはずなの！　ファイトなの！」

「そ、そうか。そうだよな。ぐがががが！　い、今、何時間経った？」

「二分なの！」

「があぁぁぁぁぁ!!」

駄目だ。もう限界が近い。

視界が霞む。手足の感覚がなくなっていく。

このままでは死んでしまう。

だが、ここで諦めるわけにはいかない。

「お兄様、もう一段階痛みが強くなるの。覚悟してほしいの」

「ちょ、待っ――があああ!!」

痛みがさらに増していく。

や、やばい。これは本当に死ぬかもしれない。

しかし、不思議と恐怖はなかった。

むしろ、やっと解放されるという安堵感すらあった。

「なんてはず、ないだろ！　ぐあああああっ、負けて、たまるかっ!!　がはっ……!!」

最後の力を振り絞り、僕は叫んだ。

僕はまだ死ねない。僕は僕のままでいなければならない。

僕は勇者なんだ。どんなに愚かだと見くびられ、どんなに無様だと嗤われても勇者であることだけは譲れない。

せめて力だけでも、その肩書きに相応しく誰よりも強くありたい。

だから、僕は生きる。生きて最強を証明するんだ。

そのためなら僕は悪魔にだって魂を売ってやる。

それが、僕の選んだ道なのだから――。

「今、五分経ったの」

「ぐぎゃあああああっーーーーっ!!」

エピローグ

Banno Skill
no
Retto Seijo

「さすがはリルカさんの全体治癒術（エクスヒール）です。瞬（また）く間に傷が治りました」

「当然でしょう。私の治癒術はそこいらの連中とはひと味もふた味も違うのよ」

「ええ、ありがとうございます」

ここはエデルジア王都の宿屋の一室。

ルミアさんに背負われて、王都に戻った私はリルカさんに治療してもらったのだ。

やはりはSランクスキルはすごい。何度もかけてもらったことがあるが、この傷の治りの早さは私が一生かけても到達できない領域だろう。

私たちのパーティーはリルカさんによって全員傷が癒（い）やされた。

「で、お主（ぬし）たちがゼノンを空中要塞で見たというのは本当か？」

「ええ、私たちはゼノンさんに危ないところを助けていただきました」

アーノルドさんの言葉に私はうなずいて答える。

あのとき、彼に助けられたのは意外としか言いようがなかった。

しかし、その助けがなかったら、私たちは決してクリスさんに勝てなかっただろう。

「ふーん、それでアストとかいう幼女といなくなっちゃったの？　まったく、知らなかったわ。あいつがロリコンだったなんて」

「うむ、某も知らなんだ」

「アーノルド、私の冗談、真に受けないでくれる？」

ゼノンさんがロリコンさんかどうかはさておき。

彼がアストという魔族と行動をともにしている理由が解せない。

強さを追い求めているから……？　だとしたら、彼はいったいどれほどの妄執に取り憑かれているのだろう。

「ま、今さらロリコンだとしても、もうこれ以上評価は下がらないわよ。すでに底辺だもの」

「うむ。某もゼノンの性癖を受け入れる覚悟はある」

「だから、冗談真に受けるなっつーの。ってわけで、私たちはこの国を出てあいつを探すわ」

「ええ、わかりました。ゼノンさんのことはお任せします」

カジノが空中要塞からの砲撃を受けて営業が困難になってしまったらしく、二人の用心棒としての契約は途中で解除になったらしい。

この二人に任せれば、彼は大丈夫だろう。

「じゃ、元気でね。なにかあったら、力くらいいつでも貸してあげるわよ」

「某も今回の件くらいで借りを返せたとは思っておらん。必要とあらば微力を尽くそう」

リルカさんとアーノルドさんは手を振って部屋から出ていった。

二人とはまた会える。そんな気がした……。


「ソアラ姐さん、身体は大丈夫ですか？」

「ええ、筋肉痛だけは治りませんでしたが、傷が癒えたので立って動くくらいはなんとか。……戦闘は無理ですけどね」

リルカさんたちが去ってからしばらくして、エレインさんが私の体調について尋ねる。

反動が大きくて意識を失ったが、幸い大事には至らなかった。

しかし、あんな無茶はそう何度も繰り返せないだろう。

もっと身体を鍛えて、反動に耐えられるようにならないと……。

「それで……あれから、フィーナ様はどうされたんですか？」

「いやー、それがあのババア。空中要塞の中に残っている魔物も一気に始末しておきたいとか言ってですね」

「すごかったですわ。フィーナ様のSランクスキル」

「うむ。まさか、一撃で空中要塞が大爆発を起こすとは……」

「制御装置を誘爆させたと仰ってましたけど、恐ろしかったですよね～」

仲間たちは口々にあのあとフィーナ様が起こした奇跡を語る。

どうやら空中要塞は跡形もなく消え去ったらしい。

「フィーナ殿はアリシアの魔力の痕跡を辿ると言って行ってしまった」

「あのババア、本当か嘘か知りませんが、昔あの魔王アリシアと戦ったことがあるみたいなんですよ」

「因縁の相手だと仰ってましたわ。魔王軍とは主に私情で戦っているのだとか」

フィーナ様はあのような強大な力の持ち主と対決したことがあるのか。

あのとき、アリシアから感じた凄まじい魔力。それに対抗できるなど、フィーナ様の強さはもはや想像を絶するレベルにあるに違いない。

「今回の魔王軍との戦いはギリギリ五分五分だったらしい。私たち『青龍隊』は二拠点攻める予定が狂い、グダグダな戦果だったが、フィーナ様の率いた『黒狼隊』は快勝。だが、他の二隊は壊滅寸前まで追いやられて撤退したそうだ」

魔王軍も私たちに負けじと本気だったとはいえ、各国から戦力を集めてようやく互角とは……。

さらに魔王の力は強大で、考えるだけで絶望的だ。

「だからこそ、今回はわたくしたちの空中要塞での勝利が功績大だと陛下はお考えになったようですわ。陛下はソアラ先輩の功績に報いて、勲章授与式を行うと仰っていました」

「そうですか……」

今回の戦いで、私の力は仲間を守るにはまだまだ足りないと痛感した。

だから私はこれからも特訓を続けて、経験を得て、成長するつもりだ。

そしていつかフィーナ様のように強くなり、みんなを守りたいと思う。

「ソアラ様〜、一緒に強くなりましょうね〜！」

「ルミアさん？」

「ソアラ、あなたが浮かない顔をしている理由はなんとなくわかる。だが、私たちもあなた一人に頼りっぱなしなるほど弱くはないぞ？」

「他人行儀なこと考えないでくださいよ。あたしたちパーティーは一蓮托生。全員で強くなって、今度はあのアリシアとかいうガキに目にもの見せてやりましょうよ！」

私はエレインさんの言うとおり他人行儀だったかもしれない。

自分一人で思い詰めて、周りが見えなくなっていたようだ。

こんなことではいけない。

（もっと頼れる仲間を信じなければなりませんね）

「ソアラ先輩、わたくしはずっと先輩に憧れて背中を追っておりましたわ。ですが、これからは先輩の隣に並び立ちます！　わたくしだって先輩に負けていられませんから！」

エリスさんの言葉を聞きながら、改めて仲間たちとの出会いに感謝する。

彼女たちと一緒に強くなればいいのだ。

私たちはパーティーなのだから。

「みなさん、ありがとうございます。私、これからも……ずっと皆さんを頼りにさせてもらいますね」

こうして私たちのエデルジア王国での戦いは終わりを迎えた。

しかし、この世界を脅かす恐怖はまだ去っていない。

圧倒的な、すべてを蹂躙する魔力を持つ魔王アリシア。

彼女と再び相対する日が必ず来る。

「なんかお腹空いちゃいましたね」

「それなら、戦勝祝いも兼ねて今日は豪勢にいきましょうか？」

「それは名案だな。よし、そうと決まれば早速街に繰り出しましょう。あたし、この前カジノで美味しい店の情報仕入れてきたんですよ。ほら、早く行きましょう！」

「ちょ、ちょっと待ってください。そんなに引っ張らないで、まだ筋肉痛は治まっていないんですから！」

私は仲間たちに急かされながらも、新しい一歩を踏み出した。

仲間たちとの幸せな時間のためなら、私はどこまでも強くなれる。

いつか、この世界を救えるぐらいに強くなれたら……そのときはきっと……。

あとがき

読者の皆様、この度は「万能スキルの劣等聖女」第2巻をお買い上げいただき、ありがとうございます！

前回、久しぶりに男性向けで出させていただきまして、ＳＮＳなどで感想などを拝読させていただいたんですけど、案外皆様が「あとがき」を読んでくださっていましたので、気を引き締めて書いております。

ちなみに私の書籍はほとんど女性向けでして、今までほとんど「あとがき」に触れている感想がなかったので新鮮でした。

と、こんな感じで文字数だけ消化しようとしているのは、本当にびびっているからでして。

難しいんですよね。当たり障りのないあとがきを書くというのは。

二年くらい前なんですけど、他の作家さんのあとがきなんか見て、案外きちんとしたこと書いていて震えあがりました。

まぁ、そんなことはどうでもいいんですけども。

今回もまたひげ猫(ねこ)先生のイラストすっごく良かったですよねー！

1巻のときも感動しましたが、本当に続刊したい一番の理由ってシンプルにひげ猫先生がイラストを描いてくれるからなんですよ。

もちろん、他にも数え切れないほど理由はあるんですけど、ライトノベルって素敵なイラストがついて良いよなって小学生並みの感想を支えに作家やっているんで、大きな支えになってくれているんですよね。

尺がまだ余っているので、ストーリーについても、触れておきましょうか。

やっぱり、今回力を入れたのはクリスとアリシアですね。

もう、どっちも私の趣味のキャラクターです。

圧倒的な力を持つ幼女魔王とそれを崇拝するめちゃ強い剣士という設定は、こっちサイドを主人公にしても面白いんじゃないかって勢いで書きました。

あと、フィーナも本当にただ書きたかったから書いたキャラクターです。

主人公最強系って読むのはめちゃめちゃ面白くて好きなんですけど、書くのは私の頭が足りないせいで、ちょっと難しいかなってなるんですよ。

最強にすると、危機感を煽(あお)りにくいし、敵も瞬殺って展開になりがちになっちゃいそうで、どうも手が出せないんですよね。

フィーナは味方陣営の最強クラスという位置づけで、ソアラたちの成長を描く上での目安にしました。

彼女の活躍もこの先、もっともっと書きたいですね。

とりあえず、この2巻で出したいキャラクターは大体出しました。

ここからは、ソアラが魔王討伐を目指して仲間たちと絆(きずな)を深めて、色んな人たちを助けつつ、交流しつつ、世界を楽しんで、冒険する様子を描いていけたらな、と。

どこまで、走り続けられるかは本当にわからないところなんですけども、応援していただけると嬉しいです!!

次の巻で皆様と出会えることを祈っています……!!

冬月　光輝

ダッシュエックス文庫

万能スキルの劣等聖女2
～器用すぎるので貧乏にはなりませんでした～

冬月光輝

2023年5月30日　第1刷発行

★定価はカバーに表示してあります

発行者　瓶子吉久
発行所　株式会社　集英社
〒101−8050　東京都千代田区一ツ橋2−5−10
03(3230)6229(編集)
03(3230)6393(販売／書店専用) 03(3230)6080(読者係)
印刷所　凸版印刷株式会社
編集協力　梶原　亨

ISBN978-4-08-631507-4 C0193

この作品の感想をお寄せください。

あて先　〒101−8050　東京都千代田区一ツ橋2−5−10
集英社　ダッシュエックス文庫編集部　気付
冬月光輝先生　ひげ猫先生

ダッシュエックス文庫

【第1回集英社WEB小説大賞・大賞】
『ショップ』スキルさえあれば、ダンジョン化した世界でも楽勝だ
～迫害された少年の最強ざまぁライフ～
十本スイ
イラスト／夜ノみつき

『ショップ』スキルさえあれば、ダンジョン化した世界でも楽勝だ2
～迫害された少年の最強ざまぁライフ～
十本スイ
イラスト／夜ノみつき

『ショップ』スキルさえあれば、ダンジョン化した世界でも楽勝だ3
～迫害された少年の最強ざまぁライフ～
十本スイ
イラスト／夜ノみつき

『ショップ』スキルさえあれば、ダンジョン化した世界でも楽勝だ4
～迫害された少年の最強ざまぁライフ～
十本スイ
イラスト／夜ノみつき

日用品から可愛い使い魔、非現実的なアイテムも『ショップ』スキルがあれば思い通り！最強で自由きままな、冒険が始まる!!

悪逆非道な同級生との因縁に決着をつけ、本格的に金稼ぎ開始！武器商人となり『ダンジョン化』する混沌とした世界を征く！

ダンジョン化し混沌と極める世界で、今度は袴姿の美女に変身!?ダンジョン攻略請負人として、依頼をこなして話題になっていく!!

理想のスローライフを目指して無人島の開拓を開始。そこへ異世界から一緒に来た弟を探しているという美少女エルフがやってきて…。